U0650273

你一直在和自己玩

蔡春猪——著　蔡喜禾——绘

CNS PUBLISHING & MEDIA
湖南文艺出版社 HUNAN LITERATURE AND ART PUBLISHING HOUSE
博集天卷 CS-BOOKY

Father loves

Xihe

喜禾的画　《很好看的画》 七岁

爸爸爱喜禾……吗？

目录

Contents

爸爸爱喜禾：你一直在和自己玩

2

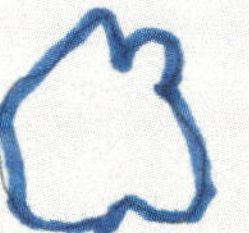

Father loves

Xihe

序

你是喜禾

儿子，你都三岁了，从来没问过爸爸一个问题，都是爸爸问你："喜禾这是什么？""喜禾，这又是什么？"……所以爸爸很期待有那么一天，你主动向爸爸提问，哪怕你问："你是谁啊？你找我妈有什么事吗？"

虽然你不曾问过爸爸一个问题，但爸爸知道，在你的内心，一定有很多很多的疑问，关于你，关于爸爸，关于妈妈，关于家庭，关于人生，关于命运，关于宇宙……关于房贷。

儿子，房贷的事情是这样的，我解释一下，我们家确实还欠着银行的房贷，不多，但也不少，具体数目你就不用知道了。你不用担心，爸爸有偿还能力，保证影响不到你吃饼干。不能拿饼干去还房贷，银行不收——不是因为被你咬过一口！

你是爸爸妈妈的儿子，你的名字叫蔡喜禾，这三个字里面，两个是爸爸起的——"喜"字还有"禾"字，另外一个字的权利给了你妈妈。

喜禾的名字是怎么来的？说来话长，这得上溯到二十年前，数学课上爸爸想到一个好名字，舍不得给自己用，决定留给未来的儿子，于是决定去找一个女人，二十年的"按图索骥"，人海茫茫中，爸爸找到了妈妈。蔡喜禾名字寓意高深，简单点说，爸爸希望你是欢欢喜喜的小禾苗，或者，一个欢欢喜喜的庄稼人。你的爷爷奶奶是庄稼人，你的祖辈都是庄稼人，爸爸十八岁来北京的前一天，还挽着裤脚在田地里干活呢。

你是在哈尔滨出生的，你出生的时候也有吉兆——我的电话响了。爸爸那时在北京写剧本，剧本拖了半年交不出，焦头烂额，每天想跳楼，为了躲稿债，电话线都拔了……但是你一出生，电话居然响了。

电话是你姥爷打来的，姥爷在电话里说："小蔡啊，你儿子生了。"爸爸听了很兴奋，马上反问："男的还是女的？"

当日爸爸就飞回了哈尔滨。爸爸在飞机上很兴奋，特想跟人说点什么，看到空姐过来，一指窗外问："你好，下面是哪里？"

下了飞机，坐在机场大巴上，爸爸还是很兴奋，于是又跟司机说："师傅，给我停一下。"

到了医院见到你，爸爸就放下心了。你确实是我的亲生儿子。咱父子俩太像了，尤其是性别。

你出生后的第二天，爸爸就去商店给你买了几个玩具。护士跟我说，你不会玩玩具。现在儿子你都三岁了，还是不会玩玩具，爸爸一直记恨这个护士——乌鸦嘴。

爸爸把你放在了哈尔滨，自己回了北京。开始时每个月去看你一次，后来两个月去看你一次……每次见到你，变化都很大，两个月前你穿的是衬衫，两个月后你穿上了毛线衣。但有一点你始终没变：你从来都不认识我。

我希望你记得，不管我在不在你身边，在这个世界上你还有个爸爸。但是我经常忘了自己还有你这个儿子。有一次跟朋友吃过饭，回家路上总觉得少了点什么东西。朋友说，你钱包丢了？不是！朋友又问，手机？……我还有个儿子，我都忘了。三十多年了无牵挂，突然多了一个应该日思夜想的人，是有点不大适应。

每天你姥姥在电话里跟我汇报你的情况：你拉屎了，你又拉屎了；昨天你拉的屎不太好，但今天你拉的屎非常好……每天在电话里，我们都用科学的精神探讨你的屎。有时你拉了一泡好屎，不干不稀，不软不硬，能想象电话那头你姥姥有多么眉飞色舞吗？你姥姥的愿望有两个：世界和平；你拉好屎。我略有不同，世界和平与否关我屁事？但愿屎常好，千里共婵娟。

你是不同凡响的。知道吗，妈妈在怀上你时，梦到了一条龙——这条龙有四只脚，两只下垂的大耳朵，眼睛被脸上耷拉下来的肉埋了起来——还是它根本就没有眼睛？它最大的特点就是喜欢吃，饿了就用它的长嘴巴拱槽——你说这是猪……还别说，真有点像。

好吧，爸爸说谎了，确实是猪。事情其实是这样的，妈妈在怀上你时，梦到了一头猪。那为什么要说梦到了龙呢？“怀我儿子时我梦到一头猪！”——人有脸树有皮，你妈妈的自尊不允许她这么说。

不管这些了，无论梦到的是猪还是龙，都只说明这么一个事实：你蔡喜禾，注定是不同凡响的。原因当然很多很多，但首要一点，因为你是爸爸的儿子。

爸爸是不同凡响的。据我的妈妈、你的奶奶说，她刚怀上我时，梦到了一条龙。这条龙有四只脚、两只下垂的大耳朵，饿了就用它的长嘴巴拱槽……

前阵子有个阿姨问我，你一定很可爱吧，爸爸谦虚了一下，回答说：

“全世界第三可爱吧。”

为什么是第三而不是第一？原因很简单，水满则溢，月满则亏，木秀于林，风必摧之，枪打出头鸟，咱就不争这个第一了。再说了，全世界有七十五亿人，光每天新出生的婴儿就达二十万之众，偌大一个世界，我就不信找不到一两个比你更可爱的。但在爸爸见到的孩子当中，你，是第一可爱的。

《晒太阳的衣服》七岁

我是爸爸

喜禾叫过爸爸吗？朋友问我，我扭头冲厨房就喊：

“老婆，喜禾叫过我爸爸吗？”

儿子有没有叫过我爸爸，这么简单的事还要向老婆求证，我也有说不出口的难处，因为我实在没法确定，但有一点是确定的——他叫过我叔叔。有一天早晨他醒来，他妈妈带他上厕所，一看到我，他兴奋而清晰地叫了一声：

“叔叔。”

当时我就蒙了，这一夜究竟发生了什么？我怎么什么都不知道？我是最后一个知情的人吗？

他应该是叫过我爸爸的，半年前我们就开始训练了。我手上有香蕉、苹果、饼干，他叫爸爸就给他吃。

我说：“想吃苹果吗？叫爸爸。”

他伸手就来抢。休想！叫爸爸才给你吃，这是游戏规则。

我说：“抢也不给，叫爸爸。”

他又抢，我不给。抢了几次未果，他就哭了。

我说："哭也不给，叫我，爸——爸——"

"爸爸。"他叫道，而且还叫上瘾了，"爸爸、爸爸爸爸、爸爸爸、爸爸爸爸爸爸爸爸……"

我还没来得及享受那声"爸爸"呢，转眼又有了新的担忧——什么时候他才知道断句？又要训练多久？

为了吃，他什么都做得出来，有一次他试图给小狗装一个彩笔眼球——肯定有人向他许诺过给他吃的。为了吃，他什么都能做，何况只是叫声爸爸？但是苹果一吃完，他又忘了。燕子去了，有再来的时候；杨柳枯了，有再青的时候；桃花谢了，有再开的时候；但是苹果吃完了就是吃完了。两个苹果已经全部从我手里到了他肚子里，聪明的他问我，没有苹果他也能叫我一声爸爸吗？我不禁汗涔涔而泪潸潸了。

有段时间我们持续训练他叫爸爸。

妻子指着我问儿子："喜禾，他是谁？"

喜禾说："苹果。"

喜禾看到妻子手上的苹果。苹果的魅力真他妈大。

"想吃苹果吗？"妻子手又朝我一指，"告诉妈妈，他是谁？"

喜禾说："他是谁。"

妻子说："他是爸爸。"

喜禾说："他是爸爸。"

妻子说："对，他是爸爸，你真棒，吃吧。"

…………

我以为他应该知道我是爸爸了。

我问：“我是谁？”

喜禾说：“我是谁。”

我说：“我是爸爸。”

喜禾说：“我是爸爸。”

妻子赶紧在旁边提示：“爸——爸。”

喜禾反应很快：“呃！”

…………

训练很快陷入一个尴尬的局面，如果跟他说“我是爸爸”，他就跟你说“我是爸爸”；如果跟他说“叫爸爸”，他就跟你重复“叫爸爸”；如果只说“爸爸”，他就“呃”的一声答应道，令人哭笑不得。而且，就算叫“爸爸”，他叫的时候眼睛也根本不看你，更不明白“爸爸”的含义，你完全可以认为是“抹布、抹布”“遥控器、遥控器”“杯子、杯子”“公共汽车、公共汽车”……

还有，就算在食物诱导下他认识爸爸了，也叫爸爸了，但转眼就给忘了，下次又得重来，重新让他认识我是谁。火车教过一次你就认识了，我比火车还难记住吗？火车有特征，我就没特征吗？为什么别人就能记住？前几天在大街上我就被一个人认出来了：“别跑，我认出你来了，十八年前你在我家窗户下撒过一次尿，你以为我忘了吗？”

经常有人问我喜禾叫过爸爸吗，你说我该怎么回答呢？

“是的，他叫过爸爸，但我不知道那算不算叫爸爸。虽然他叫的是爸爸，但我觉得不像是在叫爸爸。虽然叫的确实是爸爸，但我不认为是叫爸爸……”

在法庭上，刑讯逼供的口供是不会被采纳的，我的内心也有一个法庭——食物诱导下叫出来的“爸爸”，不能算是叫了——被告喜禾，如果你认为你叫的就是爸爸，下次开庭请提供新证据。本次审判到此结束，全体起立。

带他去逛超市，他一路向我们介绍认识的东西：衣服、鞋子、电视机、西瓜、爽歪歪饮料、安全出口、面包、蛋糕……很多东西教他一遍他就认识、记住了，每次看到还主动给我们解说，但我是他爸爸教了他上千遍，到现在还是不知道。被告喜禾，你是真傻还是不情愿？你又不是发不出“爸爸”的音，有一次你拉屎的时候我亲耳听见你说了一句“屉屉”——你把我当成你拉的屎叫也行啊。

有时还真想对他刑讯逼供，灌辣椒水，坐老虎凳，三天三夜不许睡觉……一系列酷刑，只想要一个问题的答案：

“我是谁？”

2

爸爸真的生气了

你不打算给喜禾生个弟弟或妹妹吗？经常有人这么问我，有一次甚至还有人对我说，给喜禾生个姐姐吧，喜禾有个姐姐将来就有人照顾了……我虽然谈不上聪明，但基本的生活常识还是有的——姐姐或哥哥绝不是生出来的，是找出来的。当然也不是绝对生不出来，根据爱因斯坦的相对论，只要比光速快，就能时光倒流回到过去，那时我不但能给喜禾生个姐姐，我还会知道二十年前我埋在大树下的三本图画书是被谁偷走的。

遇到有人劝我再生一个，我知道他们的动机是善良的，一片热忱，但我自己会忍不住这么想——是因为我积攒了这么多照顾自闭症患儿的经验，足以再应付一个吗？我妈也总劝我，再生一个吧，喜禾有个弟弟、妹妹，以后你们不在了也好有个照应。我心想，谁照应谁还不一定呢！别人劝我再生一个，我都嘻嘻哈哈插科打诨地敷衍过去，但我对我妈就没好脾气了——我也不知道为什么，跟别人说话我可以不计较，但是只要跟我妈说话，我就只想放狠话。所以春节在家我妈旧话重提，我恶狠狠地说，你能保证再生一个是没问题的？万一生的又是这样的，你陪我去跳海吗？

我妈觉得我不会这么倒霉。自闭症概率非常低，一千个小孩中可能才有一个，没谁会这么倒霉！

——是吗？！

一个朋友安慰我的话言犹在耳：

“兄弟，也不能总是别人家的孩子得自闭症。”

是的，作为地球上的一员，我有义务分摊世界上的不幸。老天爷说：“都年底了还有这么多不幸没派送出去，今年的工作报告没法写呀，那个蔡春猪，你过来一下……”

据说，已经生了一个自闭症儿童的家庭再生一个自闭症的概率是20%，自闭症男女比例为五比一，就是说，如果我再生一个女孩概率就小多了，概率是……数学我没学好，算不出来了，抱歉。总之，概率小之又小，但概率再小也是概率。老天爷说：“蔡春猪怎么又是你，你来得正好，有件事想跟你商量一下……”你说我没事老在老天爷眼皮底下瞎转悠什么，有病啊！我该去墙上刷一条标语：防火防盗防老天爷。

每次从外面回家，都到楼道了喜禾又往前跑，这时我总是在后面说：

“喜禾，别跑远了，回家。”

“没玩够是吧，明天咱们继续玩。”

“回来，听到没有，再不回来爸爸生气了。”

“爸爸真的生气了！”

…………

别说生气，就算是我气炸了也没用。你知道的，我儿子根本听不懂我说的话，或者根本听不见我说的话。之所以我总是这么说，就是模拟普通父子的关系。就像人常说的，我得不到我还不能想想吗？如果我有个普通的孩子，我就用不着模拟了。

我说："女儿，明天再玩，现在咱先回家。"

她说："爸爸再玩一会儿。"

我说："一会儿就演《智慧树》了，快回家。"

她说："我不看《智慧树》，爸爸，让我再玩一会儿。"

我说："好吧，十分钟。"

…………

好像很幸福的样子。因为这种幸福的诱惑，所以有时又很冲动，我跟老婆说：

"要不，咱们再生一个。"

老婆说：

"你跟别的女人生去吧。"

如果我真的跟别的女人生了一个孩子，喜禾就会有一个弟弟或妹妹，但就没有了爸爸——我早被我老婆弄死了。

有一次一个家长鼓励我：

"如果只有一个自闭症的孩子，你的人生百分之百就输了；如果你还有一个普通的孩子，你就只输了一半……"

理论上，我的人生还没有完全输掉——如果我生一万个普通孩子，失败就被稀释得微乎其微，可以忽略不计了。

但我生不了一万个孩子。

但我能吃一万块钱的冰棍。

《两棵（不是三棵，不是八棵，也不是一点五棵）大白菜》 七岁

Father loves

Xihe

喜禾的画

3

做一天“喜禾”

我以为我认识杯子，现在，不太确定了。

妻子拿着一只杯子问喜禾：“这是什么？”

喜禾说：“杯子。”

妻子说：“对，杯子，杯子是什么形状的？”

杯子是圆形的；杯子是白色的；杯子是陶瓷做的；杯子是用来喝水的；杯子里装了开水会烫手……我每天接触杯子不下十次，但从来没想过杯子还有这么多定义、功能，这些我们不用去知道，但我儿子要知道，他就是这样被迫去认识这个世界的，但问题的复杂性在于：

杯子不一定是圆形的，还有椭圆形、长方形、三角形。

杯子不一定是白色的，还有黄色、蓝色、黑色。

杯子不一定是陶瓷做的，还有玻璃、钢做的。

杯子不一定只能用来喝水，还可以用来喝酒。

…………

他一定会头痛不已，筋疲力尽。

为了更多了解我儿子，我曾经尝试过做一天“喜禾”，从他的角度去认识我们的生活、我们这个世界。

早晨，我看到了太阳——太阳是红色的、圆形的，比西瓜大一点——西瓜是椭圆形的、绿色的，里面是红色的，可以吃，但要打开才能吃。爸爸妈妈在睡觉，我自己下床去厨房找点吃的，我推开门——门是长方形的、白色的、木头做的，可以开关。另：门会夹手。又另：小心点就不会夹到手。再另：但我总是不小心。我刚打开冰箱门，一个鸡蛋就掉在了地上——鸡蛋掉在地上之前是椭圆形的、淡黄色的，它是母鸡下的，可以吃，也可以变成小鸡，外面是硬硬的壳，里面是蛋白还有蛋黄，蛋白摸上去黏糊糊的。我正准备拿酸奶，爸爸就进来了——爸爸就是爸爸，老爸、阿爸、爹、老爹、阿爹、爹地，都是爸爸，老蔡也是爸爸，蔡老师也是爸爸，蔡先生也是爸爸，老公也是爸爸，妈妈那天说的“王八蛋”原来也是爸爸；爸爸只穿着内裤——内裤是三角形的、白色的、布做的，内裤后面的小洞洞是我掏出来的，可以放两根手指头进去。

吃完早餐后爸爸送我去幼儿园，楼梯口很暗，爸爸咳嗽一声电灯就亮了——电灯是椭圆形的，发光，摸着会烫手，盯着看久了眼睛会疼。楼道口的电灯咳嗽一声就会亮，我哭也会亮，但是家里的电灯要摸开关才会亮。走到楼道口发现下雨了——雨从天上掉下来，摔不死，滴到舌头上会很凉，还会打湿衣服，没有鼻涕好吃。另：鼻涕可真好吃。爸爸用衣服把我一包就往前冲，我们撞到了自行车，爸爸和我跟自行车与自行车上的人都摔倒了，这时我看到了天空——天空是红颜色的？还越来越红了？

我以为，用一只眼睛看爸爸，爸爸就会只有一只手、一条腿、半个脑袋、半个鼻子，我错了。为什么只用一只眼睛看？因为，我的一只眼睛被纱布蒙住了，爸爸说，那是因为我的额头摔破了。额头摔破了为什么要蒙眼睛呢？我用被纱布蒙住的那只眼睛看爸爸，只看到了晚上——晚上是黑色的，晚上我用来睡觉，爸爸用来打游戏，妈妈用来收衣服、洗衣服、烫衣服、叠衣服，给我准备第二天的吃的。

两只手能拿两个苹果，一只手就只能拿一个苹果，为什么一只眼睛看到的东西跟两只眼睛看到的一样多？

为什么？

不懂。

在搞什么名堂？

还是我傻？

还是你们错了？

我都要疯了。

一只眼睛看到的饼干应该减半，一只眼睛看到的苹果应该只有半边，一只眼睛看到的爸爸应该只有一只手、一条腿、半个脑袋、半个鼻子，这样才是对的。

我暂时不用去思考这个问题了，我太困了，我要睡觉了——睡觉是舒服的，睡觉要在床上——床是长方形的、木头做的，上面有被子，有枕头，还有葡萄干——葡萄干是葡萄变老了——我的太姥姥活着的时候就是一粒葡萄干，后来被人吃了，不见了。葡萄干吃完了还会有，太姥姥吃完了就再没有了。我好想念太姥姥，我还想念托马斯——托马斯是小火车，住在电视机里——电视机是正方形的，有一块很大的玻璃，托马斯出不来就是因为这块玻璃。电视里还住着天线宝宝，住着找妈妈的小蝌蚪，住着篮球、足球、乒乓球、网球，住着我最喜欢的天气预报——天气预报主持人是个男的，有时是个女的。电视里还住着飞机——飞机不应该在天上飞吗？电视里为什么能住下这么多东西呢？

为什么鱼缸里放一只凳子就放不下第二只凳子了？——凳子是木头做的，上面是块圆形的木板，下面长了三只脚。另：凳子的脚没有脚指头，所以穿不了袜子。另：所以就不用担心被水壶砸到脚指头了，我的脚指头就被水壶砸过。另：很疼。

我上午没去幼儿园是因为我要去医院给眼睛蒙纱布，我下午没去幼儿园是因为又要去医院把纱布扯下来——纱布是白色的，布做的，包扎伤口的。

我一天都没去幼儿园，我一天都用一只眼睛看东西。我发现，用一只眼睛看杯子跟用两只眼睛看杯子，看到的杯子都是一样的，就像妈妈告诉我的，杯子是白色的，杯子是圆形的，杯子是玻璃做的……

但我还是认为，一只眼睛看到的杯子应该只有半边，因为我只用一只眼睛在看。

迟早有一天会是这样的。

4

这事值得开瓶酒庆祝

“喜禾，这是什么？”

我手里拿着一个皮球问他，他听不见，他就在我身边却听不见，眼神飘向远处。我强行把他的小脸掰过来面向我，把皮球放到他眼前，再问：“喜禾，这是什么？”这次他好像听见了，但还是一点反应都没有。这时蹿出一个小男孩，骄傲地说：“叔叔，我知道，问我吧！”

小男孩看上去比喜禾大不了多少，长得聪明伶俐。他的聪明伶俐其实我早已领教过了，自打我进了这个游乐场，他就如影随形。我教喜禾玩沙漏，喜禾把沙子倒进了衣领，而这个小男孩玩沙漏就像一个小小科学家；我带喜禾荡秋千，喜禾屁股还没坐上去就已经从另一边滑了下来，而这个小男孩就在我们旁边荡，越荡越高；我教喜禾骑三轮，三轮把喜禾的脚卷到了轮下，而这个小男孩骑着另一辆三轮围着我们耍杂技。每次我拿着一样东西问喜禾，这个小男孩都会冲出来伶牙俐齿地抢答。老天爷生怕我不知道或者忘了自己儿子是个自闭症患者，于是体贴地给我安排了这么一个小使者，提醒我、鞭策我、敲打我——

给你看看真正的小孩应该是什么样的！

此刻，这个小男孩就在旁边，等着我问他，然后骄傲地说出答案。也许是想得到我的表扬："你看这个小哥哥多厉害，你跟他比简直就是一根木头。"但是我现在不想牺牲儿子去成就他的骄傲，所以我对他说：

"滚蛋！"

他走了，一步三回头，颇不服气。虽然走了，但依然在远处看着我们。我能感觉到。

是的，我儿子三岁了，他什么都不会。奶奶打电话过来要跟他说话，他抓过电话就往嘴里放；下楼梯，他脚是往前迈了，眼睛却看着天花板；他饿了不会说饿，只会哭；他不会叫爸爸，也不会叫妈妈，只会一天到晚叫火车；他不会跟小朋友玩，他不会玩玩具，他不会吹气球，他不会语言交流，他不会提示尿尿，他不会老老实实地坐一会儿，他不会唱歌，他不会背唐诗，他不会滑滑梯，他不会跳……他不会的事情多了。多到我都怀疑，这个世界上，有什么是他会的。

那么，他会什么呢？

对了，他会吃电话，下楼梯时眼睛会看天花板，见到爸爸他会叫火车，他会把电视机推倒，在马路上他会直接朝飞驰的卡车跑去，滑滑梯他会横着下，他会抠插座眼，他会把屎拉在裤子里，他会打碎杯子，他会把垃圾桶掀翻，他会舔电线杆，他会把门关上打开再关上再打开，他会吃手能摸到的任何东西……他会的事情太多了，我想不出这个世界上还有什么是他不会的。老天爷，限制一下他的能量吧。

我有时看到那些普通的孩子，还真让人生气。比方荡秋千，才两岁的孩子啊，居然不用爸妈帮扶，自己一人就玩得挺好的，还不会掉下来，真让人生气。看到他把秋千荡得那么高，我想要不要晚上来一趟，在秋千的绳索上割几刀。小孩们在湖边捞小鱼，他们的父母居然能悠闲地远远站着，而不用担心小孩跳进湖里，顶多说一句“别靠得太近”，奇怪的是，那些小孩听到这句话之后还真的会退后几步，真让人生气。所以我在考虑，是不是应该让湖边的石头松动几块。一个小孩子在骑单车，看到前方有汽车过来，居然老早就停下来退到路边避让，而不是向汽车冲过去，这也让人生气。我应该跟那个汽车司机认识一下，劝他下次开车前多喝几杯酒。几个小孩在楼下捉迷藏，小女孩居然知道藏起来，小男孩居然还知道去找，这也让人生气。他们既然爱捉迷藏，我应该给他们挖个藏身之地，只进不出。

我承认，我的念头邪恶了。我也承认，我确实有过这些念头。我禁不住会有这些念头。你不能禁止我有这些念头。

我念头多着呢，有一天看到儿子用手指头在抠插座眼，我当即就想，我应该去把插座眼弄大一点，以便他的手指能完全伸进去。

小男孩一直在观察我们，看喜禾不会什么，接下来还有什么不会。如果他的愿望是喜禾不会，那今天一定是他丰收的一天——喜禾不会的太多了。尽管如此，我认为总有些事是喜禾会而他不会的，哪怕一件。是什么呢？

环顾游乐场，所能看到的事物，都已经证明过了——

骑车？不会。

荡秋千？不会。

玩沙漏？不会。

拍皮球？不会。

滑滑梯？不会。

坐跷跷板？不会。

跳蹦蹦床？不会。

…………

我绞尽脑汁地想，究竟有什么是喜禾会而他不会的呢？一定会有。就在我冥思苦想的时候，奇迹出现了——喜禾在用舌头舔滑梯。

我对小男孩说：“你看小弟弟会舔滑梯，你会吗？”

小男孩说：“滑梯脏，不能舔的。”

我说：“谁说不能舔？”

小男孩说：“妈妈说的。”

我说：“放屁。你看着——”

最后我跟喜禾俩人一起舔滑梯，就在众目睽睽之下。

管他呢，世界上毕竟有了一件喜禾会而别的小孩不会的事情，值得开瓶酒庆祝。

Father loves

Xihe

喜禾的画

《最讨厌吃的苦瓜，画出来警告大家》九岁

5

海底世界

我儿子喜欢“海底世界”。“海底世界”有鲨鱼有海豚，有海狮有虎鲸……其实这些都不是重点，“海底世界”门口有一小片坡地，那才是他的至爱。第一次带他去“海底世界”，整个过程，他几乎就没看过一眼鱼，完全没兴趣。以我对儿子的了解，只有一种情况他才会看——把它们全风干做成鱼片。

那天是周末，很多家长都带着自己的孩子到“海底世界”增长见识，有个小男孩比喜禾大不了多少，游览过程中不停地问他爸：“这是什么鱼？”“世界上有多少种鱼？”“鱼会叫吗？”“为什么这条鱼是透明的？”……他爸爸很有耐心，一一解答：“全世界有三万多种鱼，咱们中国有四千多种。”“游得最快的鱼是旗鱼，每小时能达到一百二十公里。”“鱼没有声带，但也能发出声音，因为它们身体里面有个鳔。”……这个爸爸很博学，昨天晚上估计没少做功课。

这种无所不知的父亲形象曾经是我的梦想，有段时间我也做了不少功课。当我得知儿子是自闭症时，我有很多反应，其中一个反应就是：完了，我储备的那些知识白瞎了。就像一个学生熬通宵复习功课，次日得知不考了——沮丧难以言说。

在“海底世界”，我儿子一个问题都没问我，反而妻子问了很多：“还看吗？”“这就走还是再看一会儿？”“我们真的还看吗？”——妻子的问题太没有技术含量了，我不屑于回答。我们闷声往前走，妻子又问了：“你说他怎么对‘海底世界’一点都不感兴趣呢？”终于有个有点难度的问题了，我喜欢这种有挑战性的问题，便回答说：“因为他患的是自闭症。”

后来看到喜禾实在没兴趣，我就说算了，不看了。我对鱼也没什么兴趣——它们又没有美腿……还没胸……腰还行。

一出“海底世界”，喜禾就兴奋了——出口处有一小块坡地，那是他的至爱。他冲向那块坡地，上去又下来，下来又上去……心醉神迷，乐此不疲。“海底世界”的对外宣传语是这么写的：“……带您漫步海底，目睹两万多只形色各异、近在咫尺的海洋生物。经验丰富的潜水员和巨大凶猛的鲨鱼嬉戏，小巧玲珑的海马在缤纷的珊瑚丛中穿梭……”我认为他们介绍得不够全面，还应该补上一句：“除此之外，‘海底世界’还有一小块让你心醉神迷、乐此不疲的坡地。”

我们也累了，索性由他在坡道上来来回回上上下下。“海底世界”的门票不便宜，我应该去找工作人员理论——那些鱼我儿子一眼都没看，为什么不能退票？因为心疼门票费，我一直在盘算如何才能把这笔损失补回来。来“海底世界”的游客都是一些对陌生世界有强烈好奇心的人，所以我在想，要不要上去向那些游客推荐——“海底世界”很神奇，有一个比“海底世界”更神奇的——来自遥远星球的孩子，你们想不想看？

我们去过这么一次“海底世界”，之后将近一年都没再去。妻子多次想再带儿子去“海底世界”看看，我都没同意。我说：“其实我们小区那块坡地也不错，不一定要去‘海底世界’。”

事实上也的确如此，如果非得说小区那块坡地跟“海底世界”那块坡地有什么不同的话，我只能说——“海底世界”那块坡地上的痰更多。

有一天，妻子独自带着喜禾去“海底世界”了，中间还给我打了个电话，听得出来她非常激动：“你知道吗，喜禾对鱼有兴趣了，他看鱼了，什么鱼都想看，还主动跟我说——鱼；他还学着我拿面包喂鱼……”当时我在咖啡馆写东西，听妻子这么一说，激动不已，眼泪不争气地下来了。

据说人临死前，往事会像放电影一样，成片段地在脑海中浮现……妻子在电话里描述儿子在“海底世界”的表现这一段将来是否会出现在我脑海中，难讲，除非之后喜禾能给我们更多更大的惊喜——希望如此。迄今为止，这是我儿子带给我的最大的感动之一。

那天回来后，妻子就跟我讲了喜禾在“海底世界”的表现，睡觉前，我们重温了一遍。妻子前前后后讲了很多次，每次我都会听到一些新的细节，比方前几次妻子讲时，就没有跟我说喜禾喂鱼时拿饼干的是哪两根手指。我很生气，我这么有求知欲，她还对我留一手——我可是她老公！妻子讲述时我不断插嘴提问，问题都很脑残，比方：“他怎么看的鱼？”

——这还用问吗？当然是睁眼看！喜禾固然神奇，但尚未神奇到闭眼也能看鱼的境界。我这人看问题一向很客观。

6 喜禾牌碎纸机

他一直要抢我手上的报纸，既然他对报纸这么有兴趣，我就问他：“喜禾，这是什么？”

他顾不上回答，拿过报纸就开始撕起来。从什么时候开始，喜禾喜欢撕报纸了？是从报纸内容变得难看后开始的吗？应该不是的，在喜禾出生前，报纸就已经不好看了。刚取的报纸我还没来得及看，放在桌上，再回来，已经被他撕成碎片。自闭症又名孤独症，又名碎纸机——后一个说法是我创造的。

他拿过一张报纸，先撕成两半，再撕成两半，再撕成一条条，最后成了一堆纸屑。撕报纸的时候他是那么专注，心无旁骛。经常听到这样的话——搞学问，要耐得住寂寞，要学会享受孤独。撕报纸亦如是。有时他看上去还很愤怒，所以我想，肯定是报纸上又说了大话——《治疗自闭症已经不再是难题》——惹他生气了。有一阵子我订的报纸总是收不到，我就抓狂了——我看不看无所谓，我儿子怎么办？

撕报纸也算是一个小小的个人嗜好吧，将来他在报纸上登征友启事，就可以这么写——爱好：摄影、写作、旅游、音乐……撕报纸。你说会不会征到同道呢？

“哇，你也喜欢摄影！”

“哇，你也喜欢写作！”

“哇，你也喜欢旅游！”

“哇，你也喜欢音乐！”

“哇，你还喜欢撕报纸——我更爱你了。”

于是，两个人就开了间房，啥都没干，就撕了一晚上报纸。

撕报纸对于他是嗜好，对于我，更多的是解脱。

妻子说：“你儿子又去厨房找吃的了，今天吃得太多了，给他一个玩的让他转移下兴趣。”

我马上去找了一张报纸。

我说：“喜禾，爸爸给你个好玩的。”

我又听到妻子说：“你干吗呢，没看到他又去开水龙头了呀，今天都换几身衣服了，你管管哪。”

我马上去找了一张报纸。

我说：“宝贝，拿去玩吧。”

电视里 NBA 开打了，今天尼克斯的神奇小子林书豪又会上演什么奇迹呢？我去找了一张报纸。

我说：“喜禾过来，看爸爸给你一个什么好玩的？”

喜禾拿过报纸，但还没来得及撕，就被妻子抢过去了。

妻子说：“浑蛋，口口声声说你如何如何爱儿子，却不肯多陪他一会儿，就知道让他撕报纸，撕报纸是刻板行为，你这不是鼓励他吗？”

妻子把电视关了。得，电视看不成，我看报纸。妻子又把报纸抢走了。她还说：“你是不是找碴儿想跟我干架？”

我说：“你把报纸给我。”

妻子说：“你想看？你是真的想看？”

没等我回答，她就把报纸撕了。先撕成两半，再撕成一条条，最后成了一堆纸屑——撕报纸的动作跟喜禾一模一样，我乐了，我终于知道儿子是遗传自谁了。

家里面现在有两个撕报纸的人，不够撕了，我应该多订一份报纸。

《马灯！没想到吧》 六岁

7

这是喜禾的星球

有一种说法，喜禾他们这样的孩子都是星星的孩子，来自另外一个星球。但是到目前为止，喜禾还没见过星星呢！不是说北京污染严重所以连星星都看不到——虽然确实是污染严重，只是每天星星出来的时候，喜禾已经躺下了，他没机会看到星星。但也不总是这样，我有一次带喜禾去一朋友家做完客，回家路上遇到大堵车，在路上天就黑了下来。遥远的天边，有星光一闪一闪，我手指前方问他："喜禾，那是什么？"那时他正昏昏欲睡——他一旦在车上睡着，回家后就会醒，会折腾一晚，等到天快亮时他又要睡了，规律。为了不让他睡着，妻子一路上都在摇晃他，这时他勉强抬了下头，说："圆形。"

我们坐在车上，从喜禾的角度看天空，首先会看到贴在车窗右上角的车检标志，确实是一个圆形。车检标志他早就认识，每次坐车他都会指给我们看："圆形。"然后我们就会说："对，圆形，你真棒。"这时他就会有一种巨大的成就感。以他现在的能力，要获得这种成就感的机会并不是很多，所以他很看重。我指着天边继续问："看远处，那是什么？那是你的星球吗？”

他没反应。他只想睡觉。

我对妻子说："别让他睡着了，摇他。"妻子摇了几下，他睡得更快，一会儿就听见他发出了呼噜声，轻微匀畅，十分悦耳。

自闭症的孩子没感情，我又找出了一个铁证，我问他那是他的星球吗，他却只想睡觉——谁会对自己的老家如此冷漠？但是那一闪一闪的星光却让我浮想联翩——那是什么星？那个星球上有爱他的姑娘吗？最重要的是，那个星球上有没有自闭症康复机构？——我担心我儿子有一天回到自己的星球，却因为没有康复机构而给耽误了。

星星的孩子！

我不知道这个说法从何而来，我第一次听到这个说法，是喜禾被诊断为自闭症的第三日。半夜有人在网上对我说，喜禾其实是星星的孩子。听到这个话我很难受，等妻子睡了后偷偷去翻她的手机，但是很遗憾，我在妻子的手机里没有找到叫"星星"的人，就连叫周星王星的都没有，只有一个赵晓星。赵晓星还是个女的，也没法跟我老婆生孩子。如果找到了叫"星星"的人，我也懒得跟他拼命，我把儿子往他跟前一推，"这是你的儿子，以后你管"，然后我就拍屁股走人。

当然，后来我才知道"星星的孩子"只是个比喻，因为他们跟我们如此不同，没法归类，索性就将他们开除了地球的球籍，粗暴野蛮地将他们划归到了一个谁都不知道的星球上。我很想找到第一个叫出"星星的孩子"的那个人，我要问他两个问题——一、你贵姓？二、你凭什么开除他的球籍？是谁第一个说的"星星的孩子"已经无从考证，所以我的疑惑也没人能解，尤其是第一个。

从今往后，再看星空，我有两个挂念——嫦娥以及我儿子。我还有两个忧虑：一、担心嫦娥往外扔垃圾——那都会掉到我们地球上；二、担心喜禾的外星同胞随时把他接走。

知道喜禾是星星的孩子后，冬去春来，一年很快过去，喜禾还在地球上，还赖在我们身边。这一年供他吃吃喝喝，还供他上机构，我们没少花钱。他的外星同胞来接他时，希望能把账给我们报了。我们也不会多报，每一笔开销都记了账，能开发票的花费发票我们也开了，实在开不了的我也准备了几张废火车票顶账。我这么做就是想给外星同胞留下一个好印象——地球人还是可信赖的朋友。

日盼夜盼，外星同胞迟迟未至，对此我也是百思不得其解。有一次在小区散步，我找到了原因——小区到处停满了车，外星飞船找不到地方降落。看来明天我得去找物业投诉了。又或者，外星飞船找到地方降落了，外星人在楼下喊："喜禾！喜禾！"……喊破了嗓子都不见有回应。外星人甲对外星人乙说："八格牙路，人哪里去了的干活？你的工作大大地没做好。"外星人乙说："不可能，昨天晚上在QQ上，他还跟我说得好好的，说会装肚子疼，在家哪儿都不去，就等我们来接。"外星人甲说："那你跟我说，人在哪儿？在哪儿？连个影子都没有！"外星人乙说："我再叫他几声试试——喜禾、喜禾。"还是没人应，倒是把保安招来了。外星人甲说："撤！"外星人乙说："不等他了？"外星人甲说："我们已经暴露了，山水有相逢，以后多的是机会——撤！"

一冒烟，外星飞船嘟嘟嘟地飞走了，起飞时还剐了旁边一辆劳斯莱斯。

其实喜禾就在家，外星同胞在楼下叫他名字时，他正在看《托马斯和他的朋友们》。外星人太不了解他们的这个同胞了，喜禾这个同志啊，谁叫他他都跟没听见似的，一贯这德行。

前阵子看新闻，说是美国的科学家发现了一颗地球之外适宜人类居住的星球，但去到那颗星球，需要二百万光年。喜禾他的那颗星也会这么远吗？那可是二百万光年啊！那么远的路，他如果回一次家，想带点地球的土特产得多费劲，而且，他可能没到家就老死在路上了。

我可不想他这样。

语言是棒棒糖创造出来的

爸爸爱喜禾

上小学的时候我就被告知，语言是劳动创造出来的。以前我相信，但现在我不这么认为了——至少就我儿子而言，他的语言是棒棒糖创造出来的。

我儿子从不主动说话，有段时间我们担心他不会说话。他在角落吃火车，我叫了他很多声他都不理我——不是不理我，是他压根儿就没当我存在。这时我拿了一根棒棒糖。

我问："喜禾，这是什么？"

他沉迷于吃火车，没看到，我把棒棒糖举在他眼前停留了一下。

我又问："喜禾，这是什么？"

他脱口而出："棒棒糖！"

……

——看，语言出来了。

朋友来我家做客，大家争先恐后向喜禾示好，他全无反应。我拿出一根棒棒糖。

我说："想吃吗？"

他立马伸手过来抢。

我说："想吃就得叫叔叔。"

他说："叔叔好。"

……

——看，语言出来了。

他站在路上不肯走了。

我说："回家。"

他还是不肯走，我就拽他，他边走边回头看。

他说："棒棒糖。"

谁把棒棒糖扔地上了。

……

——看，语言出来了。

看到我手上有一根棒棒糖，我还没下任何指令呢，他就主动开始表演了：

"1，2，3，3，4……"

他数数，从"1"一直数到"20"，看我还没有给的意思，又接着往下数，因为着急，中间很多数字都跳过，直接蹦到了"50"。但看到我还是没有给的意思，他马上开始另一个节目：

"找呀找呀找朋友，找到一个好朋友，敬个礼握握手，你是我的好朋友……"

他唱完歌了，看我还是没有给的意思，又开始下一个表演：

"人之初，性本善，性相近，习相远……"

他终于得到棒棒糖了。

现在，你也得承认，是棒棒糖创造出了语言吧。

《听说现在的猫都不吃老鼠后有点窃喜的老鼠》 八岁

9

带喜禾去泳池

入夏后，我们带喜禾去游泳的次数就更多了。

我们愿意带他去。他喜欢水，这是其一。其实还有一个不太好说出口的原因：在陆地上嬉戏，无论是玩什么，我儿子都会被同龄的小朋友比得无地自容。到水中就不一样了，只要父母袖手旁观，他们就一样沉到水底。不管这小孩有多聪明，认识多少英语单词，都没用。有什么用？好，你说他会英语“Help！（救命！）”，但问题是，不是每个救生员都听得懂英语。就算救生员听得懂英语，你又能保证小孩的发音真的就那么标准吗，尤其在那种时候？你能保证救生员不会把“Help”听成“Happy（高兴）”？搞不好救生员还会礼貌地回一句：“OK! Be happy.”

到了水里面，我儿子跟同龄孩子就能打个平手。这是我的结论。

好像不只是打个平手，在某些方面我儿子还略占上风。别的小孩在儿童池扑腾几下就算游过泳，我儿子一直活跃在两米深的深水区。当然，那还是因为他爸爸我的胆大。有一次一个老头儿对我说：“你怎么敢带你儿子到深水区来？”笑话，我有什么不敢的，反正他都这样了。

儿童池我去过。“宝贝，慢点，别摔倒了。”“宝贝，这个水不能喝。”“宝贝，拉着妈妈的手。”……太多保护过度的家长，我不喜欢。我更喜欢勇敢者的游戏。冲浪时间，我带着儿子就冲到第一排。他戴着游泳圈，我在后面给他掌舵，第一个浪花过来，他还有点慌张，几次浪花的洗礼后，他就像一个战士了。看到他在浪花面前表现出的英勇无畏的气概，我很想对他说：

“同志，你入党了吗？我愿意做你的第一个入党介绍人。”

儿子每次去游泳，一下了泳池，他就不愿意再上岸，泡在水里他才能继续保持对别的小朋友的优势。上岸无非是吃吃喝喝，补充给养，他不需要。从入水那一刻起，他就没停过喝泳池里的水。我跟他说：“不要因为水不要钱就可劲喝，那几个女孩一直在看你呢，爸爸跟你说，爱占小便宜的男生女孩不喜欢。”他才三岁怎么就到了青春叛逆期，对我的话置之不理，而且喝得更起劲了？我又跟他说：“儿子，你再喝别人就没水游泳了。”我经常跟我儿子这么说话，虽然我知道他听不懂，说话的效果等同于自言自语，但我喜欢这么跟他说话，有时一天能说上百句。

一个妈妈一直在看喜禾喝水，迟疑一番后，还是游到了我面前。她说：“你这个爸爸怎么回事，这水多脏，快别让他喝了。”我说：“好，我一会儿就去把他的嘴缝起来。”那个妈妈白了我一眼，然后一个潇洒的自由泳游走了。妻子责怪我：“人家也是好心好意，你干吗这么跟人说话，什么态度？！”确实，我这个人有时说话很不好听，话一出口，别说别人，就连我都想抽自己。但我又能说什么呢？跟人家说“你不了解，情况是这样的，我儿子他比较特殊，怎么说呢……”？解释这么多我费得着吗？自此以后，我都避开那个妈妈。但去吃自助餐时还是碰到她了——早知道她身材这么好，应该好好跟她交流一下，留个 QQ 号什么的。悔之晚矣。

除了睡，我儿子能在水里玩一整天，吃喝拉撒可以全在水里进行。有一次有个人听我这么说，很生气，批评我说：“公共水池是大家的啦，小孩子不要乱拉呀，有点公德好不好，做大人的管管好不好。”我回答说：“其实我们也很注意的啦好不好，他是拉是尿，我都会想办法清理出来的啦好不好。”我这次态度端正，言辞恳切，想看是否有机会得到她的 QQ 号码。结果她更生气，说：“你怎么清理啊，尿在水里，你说你怎么清理？”我估计她不但不想给我 QQ 号，而且还想抽我，所以我就没问了。

在水里我儿子固然能保持对同龄孩子的优势，但最终还是要上岸，回到陆地上的。这就是兵家所谓的“兵无常势，水无常形”。哪有什么绝对的优势啊，都是此消彼长，阴阳相贯，都是相对的。但孙子也说了：“五行无常胜，四时无常位。日有短长，月有死生。”就是说，上岸后，虽然我儿子对同龄孩子保持的优势都没了，但是，人类的最终命运是走向水——没听说南极的融化速度加快了吗？

10

人肉遥控器

蔡思捷是我哥的儿子，五岁。在我看来，他就是一个天才。

带他出门，他远远落在后面，我头都没回，只是说了一声："跟上。"话音刚落，他就已经冲到了我前面。我又一声："慢点。"他就立即慢了下来……真神奇！带他在身边，我有一种玩遥控飞机的快感。我熟练地操作着"遥控器"，"跑""停""看我""叫我""给我""笑一个""亲一口""自己拿""手洗了吗""自己穿鞋""说谢谢了吗"……我下的每一个指令在他那儿都能得到回应，每一个指令都能得到执行，每一次执行都非常精准。太神奇了！而且，他还会说话。

天知道我有多么喜欢这个"遥控器"，但有点不敢用，怕使坏了。说来，那都是因为我以前的"遥控器"太不好使，"过来""看我""叫爸爸""想吃吗""伸手"……无论我下达什么指令，都得不到回应，别说执行，更别说精准地执行。偶尔有那么一次，以为"遥控器"好使了，接着下达一个新指令，却又没有反应了。

手握着"遥控器"，却指挥操控不了任何一个行为，沮丧难以言表。

所以，当我有机会用到一个好的“遥控器”时，我很想使但又不敢多使，偶尔忍不住使用了一次后，又提心吊胆生怕使坏了，而且，还按捺不住地想去人前炫耀。终于有一次，蔡思捷被我带去了喜禾所在的机构。

去机构之前，在我的脑子里，我已经把带他去机构的场面、将会产生的效果预演了多次——主要是家长的反应，惊讶得合不拢嘴那是一定的，我就是想验证一下他们的嘴到底能张开多大，极限的情况下又能张开多大，尤其是乐乐妈的樱桃小嘴……还有远远姥爷的假牙，三颗还是四颗我一直没弄清楚，这次我有充裕的时间彻底搞明白了。

进机构大门之前，我花了点时间平息我的情绪。我不能表现得太得意，我得隐忍，装作若无其事的样子，丝毫不能让他们看出我的伎俩——这都是为了达到最佳效果。深吸一口气，我踏出了去机构的第一步。机构里的孩子们刚下课，家长都到了院子里，三三两两地在一块儿交谈着——看出我的老谋深算了吧，这个时间点也是我特意选的。来早了，家长有时间，但孩子们在上课，爱因斯坦的相对论你们都听说过吧，“遥控器”再好使，若没有比较，也看不出多好使来。来晚了，家长着急回家，就没心思看你的演示了。我神不知鬼不觉地溜进了院子——我要尽量不引人注意，不是让别人看我怎么操控“遥控器”——他们也每天都操控“遥控器”，没什么稀奇的，我想让他们看的是效果——跟你们不一样，我的“遥控器”好使。

蔡思捷进了院子，没人注意到他——因为我还没操作嘛。陌生的环境刺激了他的好奇心，他东张西望——结果就有个家长注意到他了，但我还不能操作“遥控器”，眼下还早了点。远处有个皮球，蔡思捷想拿到皮球，就必须从那几个聊天的家长眼前经过，那时我一按“遥控器”……你想象不到那该有多美妙。我像猎豹一样耐心地等待着最佳时机。

蔡思捷还在往前走，继续走，保持，五秒后我就按“遥控器”。我开始倒数，“五，四，三……”，完蛋了，他向左转了——那边有个秋千，我差点就按“遥控器”了。我对自己说——没事，老蔡，稳住，你有豹子一样的耐力和……皮毛？我耐心地等着下一个机会。

秋千处已经有个小孩在玩了，那是滔滔——是机会吗？是按“遥控器”的最佳时机吗？我必须对形势做最充分的分析考量：那里只有滔滔和他爸爸，人太少——-1，滔滔不会说话——-1，但是他爸爸太能说话——+1，嗓门大不说——+1，肢体动作还夸张——+1，说话特别追求戏剧性——+3……最后总得分：4 分。可以干。

蔡思捷走到滔滔身边，也想荡秋千。这真是天赐良机，我按下了“遥控器”：“思捷，哥哥在玩呢，回来。”蔡思捷回头看了我一眼，人还是没动。虽然没有百分之百地达到效果，但是，这已经足够了，我只要操作好下一步就行。滔滔爸发现了思捷，我赶紧又按了下“遥控器”：“哥哥先玩的，懂吗？哥哥不玩了你再玩，过来。”有效果了，思捷虽然不情愿，但还是朝我走了过来。我看到滔滔爸已经张大嘴了，就趁热打铁，当机立断，连按了两下“遥控器”，“快点”“跑”，思捷朝我跑了过来。

事实证明，我对滔滔爸的分析、判断非常准确。滔滔爸当时就惊呆得说不出话来了——惨！智者千虑必有一失，什么我都想到了，就是没想到他会说不出话。不过，他很快就说话了：“谁呀？这是谁呀？谁家的孩子？……这是我见过的孩子里面程度最好的！”

全院子的家长都听到了，瞬间所有的目光都集中到了蔡思捷身上。这个时候该我出场了，我说：“这是我哥的孩子。”我要当着他们的面按下“遥控器”，让他们自惭形秽。

“思捷，怎么回事，一点礼貌都没有，快。”

“叔叔好！阿姨好！”思捷一一向大家问好。

…………

最后，你懂的。

另：

最终确认两件事：一、远远姥爷的假牙，门牙处一颗，槽牙处两颗，共计三颗；二、乐乐妈妈的樱桃小嘴一旦张开，跟普通的嘴是一样大的，含鸡蛋的话，可以含两个。

另：

乐乐妈妈需要补牙。

Father loves

Xihe

喜禾的画

《爸爸妈妈的牙刷杯——另：牙膏很好吃》 七岁

11

他是不是——天才

一天，我把我哥的儿子蔡思捷带去了喜禾平时训练的机构。

一进机构大门，敏感的家长立即发现了他的不寻常之处，一个家长过来问我："这孩子是你——？"我说："我哥的孩子。"接着他问："他是不是——？"我知道他想问什么——是不是也是自闭症？我没直接回答，我说："你说呢？"他就不好意思了，一会儿又跟我说——看得出来还是很激动："知道吗？他刚才看我了。"

他所谓的"看"，不是长时间的互相打量，而是两人目光碰巧撞上了，没有怨恨没有欣喜没有偏见也没有同情，看不出来多友好但也绝无敌意最多算是好奇，很普通的一次对视，时间不会超过三秒。但是，这已经难能可贵了。院子里的孩子大大小小十几个，蔡思捷是唯一一个主动跟人有目光交流的。

那个家长在跟另几个家长说着什么，虽然听不清他们说的话，但主题一定是蔡思捷。

在这群孩子中，蔡思捷显得是那么卓尔不群，他不经意的一个行为都散发着耀眼的光芒，比方说，他把糖纸扔进了垃圾桶。

掌握这个动作其实不难，如果训练得当。我儿子训练了三个月后，也能把香蕉皮扔进垃圾桶了。

“喜禾，吃完香蕉，香蕉皮怎么处理？”

“对，香蕉皮要扔进垃圾桶……垃圾桶在哪里啊？”

“对，垃圾桶在厨房，走，爸爸带你去厨房。”

“这是什么？对，这就是垃圾桶……接下来干什么呢？”

“捡起来，香蕉皮能随便扔吗……看，这才是垃圾桶，好的，我们把盖子打开。”

“盖子打开了，接下来我们该怎么做？”

“谁让你捡垃圾桶里的东西吃了，快给我扔了！……好，盖子打开了，接着，我们把香蕉皮扔进去。”

“松手啊，还拿着香蕉皮干什么……松手，对，很好，把香蕉皮扔进去。”

“没关系，捡起来，这次我们对准了再扔。”

“扔进去了，喜禾，你真棒！把手给我——”

“手举着，不举起来怎么击掌……举好了……”

“怎么又放下了，举着啊，别动……击掌——哦耶！”

…………

这就是把香蕉皮扔进垃圾桶的分解动作。院子里这群孩子，大多数都有过类似的训练，熟练掌握者几何？

蔡思捷荡秋千时，又一个家长走到他身旁。

“你叫什么名字，小朋友？”家长问。

“叔叔，你推我一下。”蔡思捷说。

蔡思捷如果回答他叫什么，就足够令这个家长心满意足，没想到还有意外惊喜。家长激动得有点慌乱，猛推了一把。

“我会掉下来的，你慢点。”蔡思捷害怕了。

没想到他还会这么说，蔡思捷再次给了这个家长一个大惊喜。

虽然蔡思捷最后还是没有回答他叫什么，但是他所给的，已经远远超出了这个家长的期待。很快，更多家长闻风而至。

“你叫什么名字？”

“蔡思捷。”

“你几岁了？”

“我今年五岁。”

“你家是哪里的啊？”

…………

蔡思捷轮番回答着家长，像极了新闻发言人答记者提问。如果说有不同，那就是家长的问题远没有记者的刁难，问来问去无非三个：一、你叫什么名字；二、你几岁了；三、你是哪里人。倒不是说家长没有开发新问题的智慧，他们只是没有提出新问题的欲望——这三个问题够让他们心满意足了。

刚开始，无论谁问，蔡思捷都老实回答，后来发现问来问去都是这么几个问题，愚蠢到家，他就有点不高兴了。有一个家长过来问：

“你几岁了？”

蔡思捷瞪着家长看了很久——他已经厌烦这个问题了，但还是回答了：

“拜托，我五岁啦！”

看，他还会通过提高声调、延时来表示不满、厌烦、愤慨，家长满意而去。刚打发走这个家长，又来了一个——这个家长其实已经问过一次了。家长问：

“小朋友，你几岁了？”

这次彻底把他惹恼了，他愤怒地说：

“刚才不是告诉过你了吗，我不说了。”

这个回答有两个神奇之处：一、他知道生气；二、他知道分阶段地分别用提高声调和反问来表示生气。这不是投家长所好，刺激他们来问吗？

面对如浪潮般汹涌的家长，蔡思捷干脆选择了无视和沉默——也许，现在他知道为什么这些家长会生出那样的孩子了，因为他们自己也不怎么样，就一个“你几岁”的小问题都要问好几遍。但家长心满意足，而且，他们在蔡思捷身上发现了一个有趣的现象。

——原来他是会不耐烦的；

——原来他不耐烦时会通过提高声调来表达；

——原来他发现提高声调不起作用时会直接表示抗议；

——原来他发现直接表示抗议无效后会选择无视和沉默。

…………

而我们的孩子直接就到了无视和沉默这一阶段，没有一点过渡和铺垫，这就是他们和普通孩子的区别。

有些过程是不能省略的。我妈以前总教育我，饭要一口一口吃，路要一步一步走，不能走都没学会就开始跑了。哪天我该抽空把这些话跟我儿子好好说说了。

《吴冠中也画过的民居》 八岁

12

我叫你名字你敢答应吗

电视上在演家庭真人秀，年轻的爸爸妈妈带着他们的孩子，一家三口，或唱歌或跳舞。有些家长确实很有才艺，唱歌、跳舞都有模有样，值得上电视秀秀，但我对他们没兴趣。我更喜欢另外一些家长，他们跟我一样，有一副天生的破嗓子，唱起歌来好比敲铜锣。他们跳舞的时候……多让人尴尬。有个小孩跳着跳着眼里有泪水了——他的爸爸妈妈太不争气了，拖累了他，第一名肯定是拿不到了。妻子突然问我："如果我们上去，表演什么呢？"

表演什么呢？跟他们一样也唱歌跳舞？我想那还是算了，不演就不演，要演就要有点新意，独一无二。《西游记》里，银角大王有个葫芦瓶，叫对方的名字，对方只要一答应，就会被吸进葫芦瓶里。银角大王举着葫芦瓶问孙悟空："孙悟空，我叫你名字你敢答应吗？"银角大王叫了一声"孙悟空"，孙悟空一答应，立即被吸到葫芦瓶里面去了。我们可以把这个故事搬上舞台。

我举着葫芦瓶，叫我儿子的名字，他只要一答应，就会被我吸进葫芦瓶里。

我：“喜禾！蔡喜禾！……”

他好像没听到。我大声一点。

我：“蔡喜禾！蔡喜禾！”

他还是不理我。我继续叫。

我：“蔡喜禾！蔡喜禾！”

…………

一个小时过去，我还在叫他的名字。

两个小时过去，我还在叫他的名字。

最后，电视台的人急了。

人家说：“你到底能不能把他吸进去？”

我说：“他答应了就能吸进去。”

人家说：“那你把他吸进去啊。”

我说：“他不是还没答应嘛！”

人家说：“那你让他答应啊。”

我急了：“医生都没办法让他答应，我能有什么办法？”

…………

我们被轰下台了。

其实，我们的节目成功了。他们有所不知，我们的节目本来就叫《失败的银角大王》。

我们还可以表演一个哲理剧——《人类的早期》。

所需道具很简单，准备一车皮的水果、零食——但务必是真能吃的，我不想毒死我儿子。我儿子在舞台上吃东西，吃完香蕉吃苹果，吃完苹果吃西瓜，吃完西瓜吃草莓，一直吃，不停地吃，直到把电视台的人吃急了。

电视台的人说：“你们这是什么破节目，怎么只知道吃？还有没有点新花样？”

我说：“有。”

刚才喜禾是坐着吃，这次他躺着吃，倒立着吃，趴着吃，变着花样吃。电视台的人又急了——你说电视台这人怎么这么容易急？

他说：“回家吃去吧你们……先别走，这些水果的钱你们自己付，也不占你们便宜——把你们吃的付了，吃多少付多少。”

付过钱，我们连打车的钱都没有了——他也太能吃了。

其实是我没跟电视台的人解释清楚，我们表演的是哲理剧《人类的早期》。早期人类刚刚学会直立行走，还没有发展出语言，自然也不会叫爸爸妈妈，当然只知道吃……

我们其实还有一个小品可演，就是《报社主编的一天》。蔡喜禾演主编，我演记者。报社主编今天很生气，记者们交来的稿子都是狗屎。一个记者交来稿子，主编一看，什么狗屎玩意儿，撕了。又一个记者交来稿子，主编一看，还是狗屎，撕了……不停地有记者过来交稿子，主编不停地撕。但我们不打算去演了，我知道电视台的人会怎么说。

人家会说：“别演了，你们还是回家撕去吧！”

我们走的时候，电视台的人一定还会把我们叫回去。

人家说：“麻烦把撕碎的纸带走，好吗？”

我们还有更多的节目呢，但电视台恐怕不会再给我们机会了。

13

喔喔喔

“这是什么？”

废弃的火车站,如今成了鸡的乐园。一只公鸡带领一群母鸡在刨食,我指着公鸡问这是什么，喜禾没回答，而是选择了落荒而逃。

很久以前喜禾就认识公鸡了——从识图卡片上，而且他表现出很喜欢的样子，经常会从众多卡片里单独把公鸡那一张翻出来，兴奋地说：“公鸡、公鸡。”有一阵子，每天入睡前，他必须念叨很久的“公鸡”，跟念经似的。能想象出他的小脑子里多热闹：公鸡强行要骑母鸡，好不容易骑上去却发现对方其实也是一只公鸡；终于等到一只真正的母鸡，要去骑的时候另一只公鸡捷足先登，这只公鸡必须打败那只公鸡才能骑上母鸡……今天看到真的公鸡，还以为他要兴奋地扑上去，他却出乎我的意料，跑了。叶公好龙的典故大家都知道，但蔡公好鸡的故事却鲜有人听闻。

我把喜禾抱了回来，再次接近那群鸡，他在我怀里挣扎得厉害。算了,不勉强他了。我们往回走,没走多远,他却“喔喔喔”地打起鸣来。

“喔喔喔”是他能模仿的为数不多的动物叫声之一，他还学过羊叫、狼嚎、虎啸，但只有学公鸡打鸣最像——不是说他学得有多好，只是因为别的几项模仿得太差。问他：“牛怎么叫？”他：“哞——”问他：“老虎怎么叫？”他：“哞——”问他：“羊怎么叫？”他还是：“哞——”

…………

2012 年到了，极端天气多了，动物们也集体发神经了。

喜禾太喜欢学鸡叫了，很多次在梦里都叫了出来。有一个晚上他又“喔喔喔”地叫了数次，那一夜害得我做的所有梦全都跟公鸡有关。我梦到自己在鸡公煲吃着吃着，锅里的鸡肉突然活了，变成一只公鸡，公鸡愤怒地啄我的鼻子、眼睛、嘴巴……很快我五官就没了；还有一个梦是，我上了春晚，表演小品时台词忘了，慌乱之中我开始打鸣了……

因为喜禾喜欢学鸡叫，我跟他交流的方式都改了。我回家都不叫“儿子”，也不叫“喜禾”了，而是悄悄地绕到他后面，然后在他耳朵跟前打个鸣：“喔喔喔！”他惊喜得连蹦带跳，站定后，对着我也开始“喔喔喔”！去机构接他，他还在上课，我在窗户外伸长脖子做公鸡打鸣状，他在教室里立即“喔喔喔”地叫了起来。我打车回家，妻子带着儿子在路口等着我，还没下车等着司机找钱，我突然“喔喔喔”地叫了一句，司机吓得又踩了一脚油门往前开了很长一段。司机说：“你有病啊。”

很长一段时间，我跟儿子之间的交流都没有使用过人类语言，人类语言太普通了，是个人就会，多没意思，还是我们有趣：

“喔喔喔！”

“喔喔喔！”

“喔喔喔！”

“喔喔喔！”

“喔喔喔！”

…………

他一句，我一句；我一句，他再接一句。他大声，我声音更大。这种交流并不是没有意义，只是大多数人不懂而已。动物专家说，公鸡打鸣其实是一种“主权宣告”：

“爸爸，这只母鸡是我的。”

“儿子，爸爸不会抢你的母鸡。”

“爸爸，这只母鸡也是我的。”

“儿子，爸爸怎么会跟你抢母鸡？”

“爸爸，所有的母鸡都是我的。”

“儿子，你这就过分了。”

有一次我妻子说：“我怎么觉得你们两个人就像在接头？”

是的，我掌握了一个重要情报，这个情报牵涉到全人类的幸福、地球的安危，我必须尽快把消息交给我儿子。很不幸，我们接头时被捕了。

…………

“那个爸爸招了，他一听说要用刑，什么都说了，不该说的也说了，还真没见过这么㞞的男人。”

“他儿子呢，也招了吗？”

“这……”

“嗯，怎么了？”

“暂时还没有，跟他爸不一样。他可是块硬骨头，什么刑都用了，到现在我们连个名字都没问出来。”

喜禾喜欢学公鸡叫，家里人都知道了。他姥姥每次打电话过来就会说，让喜禾来接电话，电话刚放到喜禾耳朵边，就传出一声“喔喔喔”。喜禾第一次听到，既害怕又兴奋，跑得远远的，但眼睛一直盯着电话，他等着公鸡从电话里飞出来。喜禾的奶奶也是，这次春节回家，是我妈第一次看到喜禾，所以很激动，老早就在路口等我们，一看到我们，老远就喊：“喜禾、喜禾。”

对不起，亲爱的妈妈，你这么喊喜禾他是不会听见的，听见了他也会当作没听见。

我妈自己很快也意识到了这个问题，接着就开始打鸣了：

“喔喔喔……”

这里我要特别说明一下：我妈第一句“喔喔喔”是没发出声音来的，估计也只有她自己能听见，当时她羞羞答答地觉得不好意思吧，但爱孙心切，她很快便克服了心理障碍，大声地叫了出来，之后渐入佳境，旁若无人，最后我发现她还有点孤芳自赏的意思。这件事说明一个道理——只要不要脸，没有做不出的事。不唯我妈，人人如此。我妈都七十岁的老人了，身体一向不太好，但是打起鸣来，感心动耳回肠荡气，余音绕梁三日不绝，尤其是她运用胸腔共鸣，连续打出九个不间断的高音“喔”，真的是太漂亮了，那是禽类声音的极限，是所有公鸡毕生梦寐以求的“喔”。输给一个七十岁的老人，公鸡们，情何以堪啊？

我妈养了几十年鸡，吃了很多鸡蛋，没想到如今又有了意外收获——比别人更懂得学鸡叫，她那个得意，还时不时技术指导一下：

“你动作不对，脖子要往后一挺。”“不是这样的，最后一个‘喔’要拖得长一些。”我妈确实也有资格指导，一次她“喔喔喔”打完鸣，居然骗到了院子里的那只芦花公鸡，它也“喔喔喔”地叫了起来，颇有一决高下的意思。我妈气得抄起扫把就打，一阵鸡飞狗跳。春节那几天，家里一片鸡鸣声，那一刻仿佛又回到了语言出现之前的人类早期。白天，一家人围着喜禾打鸣，晚上一家人坐在炉火前听我父亲讲鸡鸣的典故：“鸡鸣，又名荒鸡，是十二时辰的第二个时辰，按地支来说是丑时，相当于深夜一点到三点……‘鸡鸣狗盗’的成语你们都知道，但未必知道这个成语怎么来的。战国时有四大公子，其中一个就是齐国的孟尝君，号称门客三千……《诗经》里面有一首歌颂爱情的诗，原诗是这样的：‘风雨凄凄，鸡鸣喈喈。既见君子，云胡不夷！’”

将来，我要教喜禾读这首诗：“风雨如晦，鸡鸣不已。既见君子，云胡不喜！”

Father loves

Xihe

喜禾的画

《很少见这种颜色的脑袋但也不是不可能的驴》八岁

14

你知道有多少根牙签吗

喜禾是天才吗？经常有人这么问我。

自闭症群体中不乏天才；每个自闭症都是天才……但凡知道自闭症的人，同时也被灌输了这么一些概念，根深蒂固。而且还能列举出来诸多自闭症天才人物，诸如爱因斯坦、陈景润、莫扎特、爱迪生……这个时候再不承认喜禾是天才，都不好意思了。

我承认他们这个群体中不乏天才，但比例有多少呢？举例说吧，普通人中有多少人能考上北大，他们这个群体中就有多少天才。只要是群体，不管是什么群体，都是一个金字塔结构，顶尖的往往少之又少，就那么几个。

我儿子是不是天才？现在下定论为时过早——毕竟今天才周二，周末再向你汇报吧。

有人把一盒牙签撒在了喜禾脚下——他们以为喜禾也是“雨人”。（注：“雨人”是一部关于自闭症的美国电影里的一个人物，有非凡的心算天赋，一盒牙签掉地上，他看一眼就知道有多少根。）

他们问："你知道有多少根牙签吗？"

喜禾说："我知道。"

说完，喜禾蹲在地上去捡牙签，一根一根地捡，一根一根地数。有几根牙签掉进了下水道，而下水道有隔栏，喜禾的手伸不进去，想捡到这几根牙签，必须把隔栏抬起来，但他力气又不够……最后，喜禾还是把下水道的几根牙签捡了出来，没人知道他是怎么做到的。

所有的牙签都在这里，喜禾数了数，二百五十六点五根——因为有一根很瘦，只能算半根。他非常高兴，想去告诉他们答案时，发现大家早走光了。

但喜禾知道牙签总共是二百五十六点五根，他还是很高兴。

…………

以上是我想象中的故事，并没有发生。但我知道，将来类似的故事一定会发生。你不是天才吗？来，展示一下……

身为一个自闭症患者却不是天才，没有人会相信。所以，喜禾很难过，想起来就难过。

有一天，他在电视上看到有个人把一柄长剑吞到肚子里面去了，他想，这个天才我可以有啊。

晚上，喜禾在床上躺了三个小时还是睡不着觉。他太兴奋了，想到自己很快能拥有的天才。

爸爸妈妈睡得可香了，喜禾偷偷爬了起来。

今天的月亮是圆形的，喜禾只喜欢圆形的月亮。他盯着月亮看了很久，很久，很久……他竟然把自己要干的事情给忘了。

整个白天喜禾都在为昨天晚上的行为悔恨、自责——怎么能光顾看月亮，把重要的事情给忘了呢？同时，他盼着今天晚上早点到来。

今天的晚上比平时来得慢——喜禾计时了。严格地说，今天的晚上比平时晚了三秒。

晚上，喜禾表现得很乖，自己钻进了被窝，躺下就睡着了。爸爸妈妈刚睡着，他就醒来了。

他又看到了月亮，还是圆形的，比昨天晚上更圆。他又站在那里看了很久，很久……他差点又被月亮耽误了。喜禾骂了一句："坏月亮。"

拖把就在厨房后面，喜禾白天都观察好了。拖把杆比他还高，他看着拖把说："我只要把拖把杆吞进去一半，我就是天才了。"

很久很久以后，又有人问他："你是天才吗？"

别人这么问，他非常伤心。他本来可以是天才的，那天晚上，他准备把拖把杆吞到肚子里面，但是，他看到拖把的把手不是圆形，而是椭圆形——世界上他最恨两件事：椭圆形和把拖把杆做成椭圆形的人。他决定不吞拖把杆了。

…………

以上还是我想象的故事。

当然，在内心里我非常希望他就是天才，就像你非常希望将来你孩子能考上北大一样。但有几个能考上北大呢？

一次在餐厅吃饭，喜禾非得去玩桌上的牙签不可，我把牙签给他时，很想问："你知道有多少根吗？"后来还是换了一个问题，我问："喜禾，这是什么？"他说："牙签。"

他认识还能说出"牙签"我就心满意足了。

小妹是小狗

小妹是我养的一条小斗牛犬，名字女里女气，实际上是条小公狗，因为它总喜欢侧身而坐，就像一个河畔边的思春少女，所以才有了这么一个名字。经常有人问我：“它为什么叫小妹？”“它不是公狗吗？为什么起这么一个名字？”……为什么它就不能叫小妹？为什么就不能起这么一个名字，就因为它是一条公狗？你长得漂亮问问也就罢了，一次一个老大爷也来跟我搭讪，翻了个白眼我就走了。小妹很听话，在小区散步，叫它名字它就屁颠屁颠地跑回来了，但也有例外。有一次我叫“小妹”，结果跑过来一个小女孩，还问我：“叔叔，你是在叫我吗？”——那小女孩的小名也叫“小妹”。

当初卖狗的人跟我说，如果训练得好，小妹能达到八九岁小孩的智商，我认为言过其实了，但说相当于五六岁小孩的水平，以它现在的表现，基本上还是可信的。

小妹到我们家的头一天，我把它关在厕所一天——训练上厕所，它第一次屎尿在哪儿拉，以后都会在哪儿拉，后来的事实也证明了我的伟大光荣正确。我搬过一次家，一到新家，还没教呢，它自己就知道厕所在哪儿。它很少在家大小便，一旦要大小便了，首先想到的是来找我们，想方设法把我们往门口带。有时我们忙或者就是懒，不想下楼，它才不得已拉在厕所，拉完后自己还很羞愧，回窝里趴起来，看我们有没有惩罚它的意思。

是的，它甚会察言观色，看到家里谁的脸色不对，就会找个最隐蔽的角落躲起来，希望我们忘了它，当它在世界上就没存在过。但是家里一旦有点开心事，它比谁都欢，老往人跟前凑，以此强调它也是家里的一分子，与有荣焉。

狗仗人势还真是有道理，在外面玩，我若在一边，它就趾高气扬，连个头比它大的狗它都敢欺侮；一旦发现主人不在身边，就算对方是一条吉娃娃，它都摇头摆尾地谄媚讨好。有一次我跟别人有点口角，其实也没什么，就是双方说话的口气都冲了点，它就不干了，对着人家狂吠，还咬人家裤脚，大有养兵千日用兵一时、士为知己者死的意思。但若跟我口角的是我妻子，它就以中立国的姿态，远远观望，一副关我屁事的逍遥态度。它知道站哪边都没有好下场，站在我这边，妻子事后会打断它的腿；站在我妻子那边，我倒不一定会打断它的腿，但我会想方设法再给它安一条腿。

它知道对人有亲疏远近之分，谁最亲，谁次之，谁又可以爱搭不理；它知道这个家庭主人的排序，先服从谁，然后服从谁，其次再服从谁，又可以不服从谁，谁的指令必须执行，谁的指令可以阳奉阴违，谁的指令甚至阳奉阴违都不用。

带去外面遛弯，它生怕走丢或者被我们遗弃，跑几步就回头看看我们在不在，一旦发现我们不在它视线之内，就开始急了，半个小时之内，它会在分手处徘徊，等我们回来寻，半个小时后如果我们还没来，它就直接跑回楼道门口去等。

小区车来车往，虽然它一出楼道就飞奔，但我们从来不用担心它被车撞，有个邻居就很羡慕，他说你家小妹真好，还知道躲汽车。是的，那是因为它太惜命，知道好歹，前方汽车开了过来，都不用我们提醒，它早早就躲在路边，将来哪天它死掉，我至少能肯定它不是死于车祸。

我下班回家，听到我在楼道的脚步声，它就开始兴奋了，在屋里又蹿又叫的。门还只是打开一条缝，它就钻了出来，摇头晃尾地往我身上扑，稍微给它点反应它就更不知天高地厚了。

看到我穿鞋，它知道是要带它出门，兴奋地在一边转来转去，一秒都等不及的样子；但看到我穿上鞋后还背上包，知道我这是去上班，立即沮丧起来，就像一条丧家犬。

叫一声“小妹”，它会立即吧嗒吧嗒地跑回来，有时跑得太远，回来迟了，它会像做错事的孩子一样，快到我身边时就停住了，然后观察我有没有生气，是真生气还是假生气。我若是生气了训斥它几句，它立马匍匐在地做罪人状，一旦看我的表情阴转晴，立即撒娇往我身上扑。

它还知道吃醋，儿子出生后，我们对它的关注、关心明显少了很多，被我们冷落一旁，它感受到自己失宠了，闷闷不乐。一度，它曾试图夺回在我们心目中的位置，儿子对呼唤没反应，每次一叫儿子，先跑过来的就是它，儿子对我们情感冷淡，而它时时刻刻在表演我才是你们最亲的人……有时很想对它说，你就死了这条心吧，你永远取代不了我儿子，你永远都不会跟我们在一个餐桌上吃饭的——因为你确实坐不了椅子。后来，我儿子被诊断为自闭症，一家人闷闷不乐，它又觉得自己的机会来了，蠢蠢欲动。

…………

小妹是那么聪明，有时我想，同样的训练，小狗跟我儿子，谁会先叫我爸爸？

《一看就是狗啊》 六岁

16

小妹的哀愁

小妹在我家生活了十年，谈不上锦衣玉食，但也没挨饿受寒，过着平凡而幸福的生活。它本来可以一直这么过下去的，直到那个下午……

关于那个下午，多年以后小妹还清楚地记得，预报中的暴雨迟迟未至，天气异常闷热。主人带它出去拉屎撒尿时，它又遇到了那条小母狗，上次光顾往这条小母狗身上骑了，该说的情话却一句没说，本来它以为今天能补偿的，没想到被主人一脚踹散了。主人碰到一个邻家妇女，两人说说笑笑半小时，它却不能上去踹一脚——世界就是这么不公平！念及此，它心里有些淡淡的哀愁。这不是重点。

主人在一个拐角吐痰时差点吐到一个人脚上，这还不是重点。其实，这个下午跟别的下午没有什么不同。主人瞅着它拉完了屎就带它回了家。

到家后，它首先去饭盆瞅了瞅，既没有火腿肠也没有棒骨，还是那几粒狗粮——它怏怏不乐，喝了几口水，趴下，又觉得应该去厨房的垃圾桶翻翻。垃圾桶里什么都没有，只有几片白菜叶。一堆垃圾！——它心里想。

客厅茶几下有一块地毯，它最喜欢躺那上面了。它曾经这么想——将来它退休了，去郊区整一块地盖一座房子，每间屋子都铺一块大地毯，叫上小母狗，它俩在地毯上翻云覆雨。那么大的房子要不要叫上主人呢？它内心斗争了很久，很激烈。本来昨天它已经决定叫上主人的，但想起下午主人驱散它跟小母狗邂逅的无耻行径，它发誓——绝不！

它在茶几下藏了一根棒骨，啃着棒骨，想着却不能跟小母狗一同分享——哪怕只是一根棒骨，它再次有了淡淡的哀愁。

当你老了，头白了，睡意昏沉，
在主人脚下打盹，请拿去这根棒骨，
慢慢啃，回想你过去牙齿的坚硬，
回想它们昔日厚重的肥肉；
多少人爱你炖成汤的美味，
爱慕你的皮毛，假意或真心，
只有我爱你那朝圣者的灵魂，
爱你衰老了的脸上痛苦的皱纹。

它在心里念着这首诗，很快就睡着了。

突然，它的眼睛一阵刺痛。一睁眼，它发现了两根手指，顺着手指看上去，是打湿了的衣袖，再看上去，是小主人喜禾的脸——小主人正在抠它的眼珠子。它慌忙爬起来。

跟小主人相处两年多了，这两年，小主人偷吃它的食物，它忍了；小主人往它喝水的盆里放电池，它也忍了……这次他居然抠它的眼珠子，它决定——再次忍了。

——退一步海阔天空！那是它的狗生信条。

它在主人的书房又找了个地方躺下了，眼皮时不时抬一下——嗯，书房里的书还真多，天天打游戏你翻过书吗？还《诸子集成》《资治通鉴》，你看得懂吗？它认为它最了解主人，比女主人还了解主人，比主人他自己还了解主人——世界上最懂你的人是我是我还是我，它早就该告诉主人了——要是它会说话的话。它其实可看不上主人了。拿人爪软吃人嘴短，它懒得去说罢了。终于，它又睡着了。

没多久，它又在一阵刺痛中惊醒过来，一睁眼——原来是做了个梦。惊弓之狗，它笑话了下自己。

又睡着了。

再次感到刺痛——这回不是做梦，小主人正揪着它的小鸡鸡大笑。这次它急了，示威地叫了几声，吓退了小主人，但也招来了主人。主人对着它就是一顿吼：

“你要是敢咬我打断你的腿。”

自己被欺侮了，别说咬，连叫都不能叫，它内心再次有了淡淡的哀愁。

从这个下午开始，它过上了狼狈不堪的生活。无论何时何地，只要它一趴下，立即有一双小肥手伸向它眼窝，或者小鸡鸡，防不胜防。后来，它连趴的机会都没有，永远在奔跑，永远在躲避，小主人就连小憩一会儿的机会都不给它。这半个月它跑的路程，如果是环游世界的话，它估计已经从北京走到了东京——日本料理最难吃了，它决定换个线路，如果环游世界的话，它估计已经从北京走到了新德里。只有当小主人睡下时，它才能得到片刻的休息。但它运气实在欠佳——小主人最近的睡眠不太好。

这半个月，它从三十六斤迅速掉到了十七斤，掉了一半还多。要啃多少棒骨才能补回来啊？想到这儿，它隐隐有股说不出的哀愁。它接着想，按照这个节奏掉肉，再过半个月，它就会是负一斤。主人的朋友上家来，问："这是小妹？"主人说："是小妹。"朋友说："我都认不出了，怎么瘦成这样了啊？病了？"

…………

不是，是哀愁了，它听到主人跟朋友的话，禁不住悲从中来。滚滚长江东逝水，真不及一滴泪。

每天，它都想——这……会不会……是我……生命中……的……最后一日？

答案是：不会！那天它听见男主人对女主人说："喜禾最近对小狗不感兴趣了。"女主人说："他的爱好都是分阶段的。"

听到主人的对话，它才想起来，是呀，小主人从什么时候开始没再抠过它的眼珠，它居然不知道！——看，它已麻木如斯。

小主人的喜好都是阶段性的，一段时间疯狂痴迷一件东西，过了这个时期，看都不会再看你一眼。

它现在又能安心地躺在茶几下的地毯上了，而且还能饶有兴致地冷眼旁观小主人的新爱好——揪树叶。别看那棵发财树枝繁叶茂，其实揪不了几天，它心里最清楚。

不到半个月，它再次回到了从前的体重——三十七斤，比最胖的时候还多了一斤——不能再胖下去了，它决定今天下午就去健身房撒泡尿。它再次看了一眼那棵发财树，曾经枝繁叶茂过，现在只剩下——

最后一叶。

它现在又感受到了一股久违的哀愁，这哀愁很莫名，不知来自何方。

到底来自哪里呢？上午女主人把半个月前的那根棒骨扔了，其实还能啃几天的。它终于知道，为什么它会如此哀愁了。

17

再揪爸爸就打你屁股了

没等到入秋，家里植物的叶子都光了。

我儿子有很多阶段性的喜好，有段时间是追小狗，现在是揪树叶，揪下一片树叶就庆功似的满屋跑。问他："这是什么？"他说："树叶。"然后继续庆功去了。所以，哪株植物遇到他算是倒霉了，最先倒霉的是金橘。

金橘是三个月前在小区楼下我花二十元钱买的，淘米水的滋养，使它很快枝繁叶茂，但不知道哪一天，我儿子突然迷上了揪树叶，一周后，金橘只剩下一片树叶。没有风的时候，那最后的一片叶子也在唰唰作响，祥林嫂似的诉说着它曾经有过的荣光。我过去把它揪下来了。

然后，就轮到那盆桂花了。

我也曾吓唬过他："喜禾，再揪爸爸就打你屁股了！"

没用。这对他完全没用，听不懂或者根本不听他人的话就是他的个性之一。换言之，如果一句威胁管用，能让他住手，那我就用不着花钱送他去机构了。每个月去机构，还同时去几家……都是钱啦。有人感叹说：“哎呀，钱太多了不知道怎么花……”

——是吗？

起先我们还制止，他揪的时候把他抱走，后来累了，索性就让他揪去。

迟早会掉的。

早晚是个掉。

掉是树叶的宿命，服从命运是美德。

掉在季节手里，不如掉在我儿子手里——为什么不如？不知道——因为我儿子很可爱吧。

我儿子的行为，也算是替天行道吧。

后来我们不但不干涉，甚至还有点鼓励的意思。他扯叶子时就不会去划电视机屏了，不会没完没了地往厨房找吃的……两害相权取其轻。况且，我们也有了时间，妻子能逛淘宝网了，我能网上下棋跟人骂架了。但问题是：树叶不够揪，几下就没了。

妻子逛淘宝网的时候，我跟她说：“看有没有卖塑料树的。”我的如意算盘是：塑料树的叶子没那么容易揪——对了，你说塑料发明之前，遇到这种情况怎么办？

一次去朋友家，朋友家有一株万年青。我们去时郁郁葱葱、枝繁叶茂，确实可以青一万年的样子，我还赞叹了一番。我们要回家时，朋友说：“等一下，顺便帮我把这个提出去扔了。”我抱着没有叶子的万年青，妻子提着装满叶子的垃圾袋，载誉而归。

我是有几个好朋友的，他们对我儿子就像对自己的儿子一样，能宽容他的一切。

现在家里唯一还有叶子的植物是发财树。树比他高，我儿子莫之奈何。

现在我能够理解，为什么大多数的灌木都要浑身长满刺——不是说动物界也有自闭的动物喜欢扯，因为这不可能——不是动物没可能自闭，而是动物没有手。但是它们有嘴，可以吃。我想在远古，那些矮的植物原本是没有刺的，是因为有食草动物，所以得为了生存不停进化，不能长高，那就长刺。但是，在这个过程中，谁说得清有多少植物被淘汰掉了？

我家里的植物如果想保全下来，也必须进化，两个方向——长高或浑身长满刺。但进化成其中任何一种都需要一点时间，几百万年吧。

当然，还有一个可能，我看住喜禾不让他摘。但这点我不能答应你。

所以，我的植物们，在你们成功进化之前，就自求多福吧。

《比妈妈本人好看 3.1 倍的妈妈》九岁

18

喜禾的隐形世界

有时看见喜禾一个人在角落里自言自语，我能肯定，确实还存在着另外一个世界，一个只属于他们的世界。那个世界里，没有爸爸，没有妈妈，没有伤痛，没有烦恼……竟然没有“沙县小吃”？！

他经常说着说着，自己就乐了，我也不知为何。有时我还傻傻地过去问：

“儿子，你乐什么？”

看到我那死乞白赖的样，他连白眼都没翻一个，这太不应该了。我认为，在他们的世界，有一个空旷的广场，广场中央，二十四小时都有人说相声，要不然没法解释他无缘无故的乐——你总不能说他是因为脑子有问题吧。

存在一个我们看不见的隐形世界——好有诗意的说法。虽然我看不见，但我能去猜、去想，我有生活经验。隐形世界跟我们这个现实世界也许有种种不同，比方房子更大天空更蓝空气更好人更聪明，但是生活逻辑是一样的，就算你是外星人，口里有一口痰你肯定是吐出来而不是吃进去；地上躺着一百块钱四下无人你肯定是揣兜里而不是折成飞机扔出去；看到姐姐的裤子拉链没拉上一定在想如何提醒而又不让她觉着尴尬，而不是索性也把自己的裤子拉链拉开；掉井里了肯定是想往上爬而不是企图往下挖出一个出口……举这么多例子，我就想说明一个事实——当然不是说我有好多奇思妙想，而是说——我自信能从我儿子的行为、表现，去判断、去想象他的那个世界有哪些人，又发生了什么事。比方，他盯着自己的手指在看，一直在看——

肯定不是在数有几根手指头，你太没有想象力了。在他的世界，他正在打麻将，他跟往常一样摸牌时用手指抠一下牌面——不用看就知道是什么牌。今天每张牌摸起来感觉都是一饼，但都不是，拿起来一看，分别是九万、八条、四饼、幺鸡……居然连白板也摸成了一饼，太不可思议了。原因很简单，白天从蒸锅取粉蒸肉时他的手指烫了几个泡，懊恼不已……这种解释的优点是很有生活质感，生活气息扑面而来，但跟我们想象的那个隐形世界相比，还是差了点味，不够高科技。其实，刚才是坐飞碟准备回到他的世界时出了问题，他进不去——飞碟有高科技的指纹识别系统，他把手指头往指纹识别窗一伸，语音警报就响了：“对不起，你的指纹不符，请重新输入。”十根手指头一一试过，一一被拒，他百思不得其解，他一筹莫展，他着急上火——再不赶回他的世界，他的女友就跟别人结婚了，能不急吗？……再比方，他站在窗前目视虚无，兴奋地手舞足蹈，喃喃不休——

他看到了外星人攻打地球，成群结队的外星飞船正飞向北京，必须阻止！他对他们喊话：“北京有规定，外埠飞船一律不准入五环，你们绕行吧。”

外星飞船没理会，继续往前飞，越来越近，他更急了：

“你们的领队是老王吗？跟他说，我是他表姐夫。”

喊话毕，外星飞船立即掉头飞走了。

再比方，他拿起一张报纸，撕了，开始撕成一条一条的，接着撕成一片片的——

在他的世界，我就是那个抢了他女友的人，那天飞船的指纹识别系统出了问题，他没能及时赶回去。在他的那个世界，让我得了便宜，那么在这个现实世界，他要报复、要翻本。他把报纸撕成一片片，屋子里到处都是，他内心狠狠地说：

“我弄脏你的客厅，我让你搞卫生。”

存在一个我们看不见的隐形世界，一个只属于他们的世界。那个世界里，真的没有沙县小吃。我也想进去那个隐形世界——因为我嗅到了商机，我完全可以去开一家沙县小吃店。

等我发财的消息吧。

19

他是你最亲的那个人

“你认为如何才能改善自闭症儿童的生存环境？”一次有个记者这么问我。

能做的事情很多，比方政府出台相关政策，比方多建一些机构、培训一些老师，比方幼儿园、学校别对他们另眼相看，而是接纳他们……多了去了，我不想谈这些。我真正想说的却又说不出口，我的意思很简单：人人都生一个自闭症孩子——尤其是制定相关政策的人。

话虽然残酷，但理就是这么个理。有些事，如果不是落到自己的头上，个中滋味你是很难知道的。我自己就是例子。

在知道我儿子有自闭症前，有一天晚上，一个多年没见的女性朋友突然出现在 MSN 上，并给我发了一条信息：“我儿子是自闭症。”当时我假装震惊地“噢”了一下，她以为得到了良性回应，开始大篇幅倾诉她的绝望痛苦……我真的没心思安慰她，你我多年不见，大半夜来找我聊天，咱们应该谈点美好的事情。我抓住时机问她：“你身材还是那么好吗？”她有几分钟没说话，之后便跳过了这个问题，又开始倾诉。

那头，她绝望；这头，我更绝望。这倾诉何时才是尽头？

偶尔，我也虚情假意地安慰一下，“上帝关了一扇门一定会给你打开一扇窗”“那是老天爷给你的礼物”“不要放弃，有希望的”……我是很少说这种煽情的话的，但当时那情形，如果我不这么说上几句，自己都会觉得自己不是人。但是只要她情绪稍稳定，我就会果断地去挑逗：“有一次我梦到你了，你在梦里面可流氓了。”后来，她也觉得我实在不是倾诉的对象，就不怎么说话了，都是我在说，偶尔她也回应，都很简短，“别这样！”“不好！”“滚！”，最后她招呼也不打一个就断线了，把我剩在那里很尴尬。后来医生说我儿子有自闭症时，我深入骨髓地体验到了她那天晚上的绝望与悲伤。

当然，如果她再找我倾诉，虽然现在我能与她同悲伤，但我嘴里可能还是蹦不出什么好话：“妹妹你并不孤单，哥哥我也有了一个，我们开间房抱在一起哭吧。”因为，我实在是太轻浮了。

有一次跟几个朋友去吃饭，去饭馆的途中，一个一看就是精神方面有问题的小伙子横在路中间，手里还挥舞着一块板砖，来往的人都绕着道走。我们一行也想绕道走，当时我就有点迟疑，这时朋友出于关心地拉了我一把。本来没什么，他一拉把我拉出情绪了，我决定不绕道，继续按原来的路线走。我目不斜视，直接向小伙子走去。朋友们真替我着急：

“老蔡，他是疯子。”

“老蔡，他会打你的。”

“老蔡，快过来。”

…………

当时我害怕吗？害怕！如果我命中注定要挨这一板砖，反正挨得也不少了，那就来吧。我从小伙子身边走过时，都能听见我自己的心跳声。所幸，这个精神方面有问题的小伙子没有打我。进了餐馆，落座后，朋友还在说这事：

“他打了你白打。”

“疯子打人法律拿他都没治。”

“他没打你，你就庆幸吧。”

…………

他们说的时候我不作声，他们不说的时候我说了：“打了就打了呗，我都不急你们急什么？”

大家只知道我情绪不好，但又不知道为什么情绪不好，都不说话了。很沉闷的一顿饭。后来，还是我打破了僵局，我说：“你们知道吗，我儿子跟他是一样的。”朋友说：“你儿子程度比他好多了。”我说：“不是程度的问题，跟程度没关系，本质上他们是一类人。”

那一整天，我想了很多，由小伙子想到我儿子，又想回到小伙子，再想到小伙子的父母。小伙子小时候应该很可爱吧，应该没少在他爸爸头上骑过，后来他父母渐渐发现他不对劲，再后来去了医院……他父母一定想过很多办法，求医问药，请神拜仙，最后实在是没招了吧。他是哪里的？怎么会流浪到这个地方来？出来多久了？父母知道吗？父母还健在吗？

尽管我为人轻浮，什么事都能拿来开玩笑，我也以为自己什么都能拿来开玩笑，但我发现，有些事情，我还是没法开玩笑，开不出玩笑。

春节回家，我们一家人坐在一起聊天，聊一个人，一个熟悉而又陌生的人。

我上小学的时候就知道他了，那时他二十来岁吧，大家眼中的傻子、精神病。每天早晨他从家出发，步行半个小时去市里的一家面馆吃剩饭，傍晚回家，跟上班似的。一年三百六十五天，风雨无阻日日如此。他从不惹事，不打人不看人不理人，没人见他说过一句话，沉默得就像一块石头。我们上学时遇到他，往他身上扔石块，放学后还会碰到一次，又扔一次石块；一次我跟在他后面学他走路，逗得同学哈哈笑。我妈有一次给他钱，他不要。他不要任何人的任何东西，递烟给他他不要，你烟头刚扔下他就捡起来抽。前几年回家探亲还见到过他一次，他从市里吃完剩饭回家。三十年不见，步伐已见衰老。我喊他，他居然还看了我一眼。我印象中唯一的一次。

有一次他消失了很久，后来才知道他出了车祸，肇事司机以为他死了，把他抛进一个岩洞，但他自己爬出来了，在床上躺了几个月。大家再看到他，他腿瘸了一条。半年前他又消失了，规划中的高铁线路要穿过他家，政府人员上门去谈拆迁，发现他已死了很久。

没人知道他的名字，大家都对他以“傻子”直呼。在他出生时，他父母应该是给他起了名字的，也许这个名字还寄托了光宗耀祖的希望呢。

我现在经常想起他。

记者问我如何才能改善自闭症儿童的生存环境，我回答说人人生一个自闭症，这是开玩笑，自闭症虽然不怎么样，但也不是你想生就能生出来的，跟爱情一样，要缘分。不幸降临到自己头上才能体谅理解他人，成本太高，也不是我所愿意看到的。我的意见就是：将心比心，尽量去做到将心比心。偶尔，你试着假如一下——他是你最亲的那个人……

《在叫的驴，还在叫》 九岁

20

哇！喜禾哭得可厉害了

一个朋友提出帮我们带一天孩子。

居然还有这么不自量力的人，她一说完，我跟妻子便相视一笑。听说世界上有三件事最难办到：把别人的思想装进自己的脑袋、把别人的钱装进自己的口袋……最后一条你知道我想说什么——是的，你猜对了——就是把装进口袋的钱再还给别人。

喜禾是难带，但也不是很难带——如果用链子把他锁起来，马照跑舞照跳，还可以出门去看狗打架。但问题是，不是天天都能碰到狗打架，得凭运气，这是其一；其二，我爱他都来不及呢，怎么会忍心把他锁起来。喜禾只是有点多动而已，但还有比他更多动的——动物园的猴子你总该看过吧，也没见饲养员跟谁抱怨过。

拿自己的儿子跟猴子比很不应该，猴子会生气的。

喜禾在家除了吃，就是跑来跑去，其实他也惹不出什么大麻烦——提纯浓缩铀的离心机被我妻子藏了起来，谅他也没本事造出原子弹。吃，占了他兴趣的百分之九十九。我们不想让他除了吃就是吃。我总教育他，除了吃之外，人生还有很多更有意义的事，比方交几个朋友，三天两头一聚，吃吃喝喝多好。

如果不限制他吃，他是全天下最好带的小孩之一。

——他想看动画片，别，给他几块饼干，他老实了；

——他想出去玩，别，给他一根香蕉，他老实了；

——他想玩玩具，别，给他一个苹果，他老实了；

——他想让我们抱，别，给他一个蛋糕，他老实了；

——他想拉屎，别，给他一个汉堡包，他老实了；

——他想看识图卡片，别，给他一根棒棒糖，他老实了。

…………

这么做的结果你知道——后来，他成了一个美食家。

朋友提出帮我们带一天孩子，头几次我们都委婉拒绝了。后来看她这么坚持，她的人生又是这么顺，我想，是该让她吃吃苦头了。

送去的前一天晚上，妻子就开始为喜禾收拾行囊。衣服若干件、裤子若干条，湿纸巾、干纸巾、尿不湿，水杯、零食、识图卡片，再洗几个水果切了分装进盒子……好像还有什么忘了装了，对，从玩具车上卸下几个轮胎——他只喜欢轮胎。

只是放朋友家一天，最后居然整理出两个大包。提着两个大包，我们就像是刚从北京秀水街淘完货的俄罗斯小贩。

“兹得拉斯特伍一姐”——这是俄语的“你好”。

一到朋友家，心就凉了。

我这个朋友有些小情小调，爱喝个茶收藏个古董什么的，墙上挂的是名人字画，柜子上摆的是秦砖汉瓦。光喝茶的鸡蛋大小的茶杯，就好几十个……据说其中一个价值近万。我急了，我说：

“你怎么也不提前收拾一下？不是说好让你都收起来的吗？”

我这么慌张是有理由的。喜禾有个嗜好——爱听响儿。喝完水，茶杯往地上一扔，“咣当”一声，他乐了；吃过饭，饭碗往地上一扔，又“咣当”一声，我哭了。他还见不得桌上摆东西，只要他能够到，不给你扫落一地决不罢休。所以我们家是坚壁清野，但凡觉得值点钱的——比方鞋子，我们就收进了柜子。其余的，你爱咋弄就咋弄吧，反正这个家也不是我一个人的。20 世纪 80 年代有个电影，主人公来到圆明园，面对一片废墟，她说了这么一句话：

“能烧的都烧了，只剩下了石头。”

既然她这么爱发感慨，她更应该来我们家。台词我都替她拟好了：

“能藏的都藏起来了，只剩下了墙壁。”

看到朋友家东西摆放照旧，所以你能理解我当时的窘迫、慌张。

朋友说：“没事，打碎就打碎吧。”

呸！你说得轻巧，能没事吗？我赔得起吗？随便打碎一个古董，就够我喝一壶的。

朋友说：“真没事，我都不心疼，你心疼什么？”

是啊，她都不急，我这是急哪门子。看她说得这么轻松，我心里大概有数了——她们家的估计都是赝品。

儿子往她手中一放，我们夫妻俩就泡温泉去了。但这次温泉泡得并不放松，心里七上八下——还没开饭吧，今天温泉提供的自助餐有三文鱼，要早去抢座位。

妻子隔几分钟就去看一次手机。

妻子说：“她怎么还没给我们打电话，没事吧？”

我说：“她没打电话就说明喜禾没事。”

妻子说：“真的没事吗？”

我说：“有事她早给我们打电话了。”

妻子说：“也是呀。”

妻子又说：“这里是不是收不到信号？”

我说：“你不是刚还给你妈打电话了吗？”

妻子说：“也是呀。”

妻子又说：“要不要我给她打一个电话？”

…………

女人就是事多。

最终电话还是没打。假装没有孩子——哪怕一天，又如何？

晚上去接儿子，快到朋友家门口我俩就有点胆战心惊了。

妻子说：“你有没有觉得现在像是走进高考的考场？”

我说：“我没参加过高考。”

…………

我虽然没参加过高考，但我知道走进考场的心情——我听我妻子说过。

敲门，门开了——朋友居然还活着！

妻子问：“喜禾呢？”

“正玩着呢。”朋友扭头就喊，“喜禾，你看谁来了？”

喜禾在鱼缸前，我看见他时他手里正抓着一条金鱼。他对我说：“金鱼。”

上午十点送去，晚上七点去接，不到十个小时。这是喜禾不在我们身边时间最久的一次。我们所担心的事没有发生——朋友家的古董部分挪了位置，但样子完好。

“一个都没打碎吗？”我问朋友，因为我不相信。

朋友说：“你自己看啦，喜禾真的很乖。”

我又看了一遍，确实没打碎什么。不应该啊，我得去检查下喜禾的手腕，看她是不是把喜禾的手绑起来了。

妻子跟朋友一直在交流近十个小时内发生的事。喜禾吃什么了，玩什么了、怎么玩的，拉屎没、几次……我知道妻子最想问的是什么，但有点不敢问：

“我们不在，他有没有想我们？”

我们最怕听到的就是：“你们一走，他连哭都没哭，自己玩得可高兴了。”

如果她那么说，我们真的高兴不起来。没有哪个父母不希望自己的孩子活得高高兴兴——但我们相反，可见我们是多么差劲。

朋友说：“你们一走，喜禾哭得可厉害了。”

…………

哇！这话我爱听，他最好哭得撕心裂肺、肝肠寸断，最好哭了足足九个小时，那样就说明——他知道世界上谁是他最亲的人。

这世界上没有谁离不开谁，但有一种人，一旦离开，我们就会有撕心裂肺之痛——爸爸、妈妈。

21

金鱼有九条命

朋友自从带过一天喜禾后，再也没有提出过帮我们带孩子。

“哪天你们带喜禾来我家玩吧。”“什么时候你们带喜禾来我家玩啊？”“我们家来了个小朋友，明天你们带喜禾来我家吧。”……这些话倒是经常听她说。其实我能理解她，带我儿子确实是一件辛苦的事。

她帮我带了九个小时的喜禾，那九个小时内发生了什么，我不知道，但我知道肯定发生了什么——要不然她怎么再没提出过帮我带孩子。

那天把儿子接走，回家后我又给她打了个电话。我问：“喜禾在你家没搞什么破坏吧，别不好意思说。”她说：“真的，没有。”想了想，她补充了一句：“喜禾好像对金鱼很感兴趣。”我就知道有故事，我直截了当地问：“死了几条？”她又羞羞答答了，不说。看她这么为难，我换了一个她好意思回答的问法——补充一下，人人都说我善解人意。我问：“还有活的吗？”果然，她不再为难，脱口而出：“有！有！还有一条……不过好像也不行了。”

…………

我见过她家那些金鱼，十来条，有几条据说颇值几个钱。金鱼养在一个不知道从哪儿淘来的石马槽里，每次去她家，我都想把马槽弄回家。后来我了解了金鱼之死的全部经过。

我们走后喜禾就没停止哭。给他点吃的，他边吃边哭，吃完更哭；给他一个玩具他又没兴趣；给他几块钱他又破不开……她一时束手无策。后来她想到一个好办法——让他哭去，哭一会儿他就不哭了。这就是道家的“无为而无不为”。事实证明这不失为一个好方法，哭了大概十来分钟，喜禾不哭了。接着，喜禾给自己上发条——上发条只是一个比喻，我儿子只要没睡觉，其余的时间他给我的感觉就是一个上了发条的玩具。

喜禾一旦上了发条，就意味着，朋友刚沏的茶是喝不成了。

“喜禾，不能摸！”

喜禾身边就是一个插线板。喜禾一直在构思一篇论文——《特殊儿童异于普通儿童的绝缘不传导肉体现象考——220V交流电触电实验》。朋友看到喜禾去摸插线板，大惊失色，大步流星地冲过去想抢夺下来——晚了！喜禾已经放下了。但是朋友心绪未平，想到刚才情况之危险，厉声质问：“你是不是不想写论文了？”

这句话我是杜撰的，她没这么说。她说的是：“你怎么这么傻！”我个人觉得，对于一个已知的事实，不需要再三强调，所以我把她那句话改了。

顺便说一下，朋友冲过去时带翻了桌上的茶壶，哐当一声碎了。后来我问她喜禾在她家有没有打碎东西，她还是有些许迟疑的。后来良心发现，她当时就没说了——本来也不是喜禾打碎的。但是她要说是喜禾打碎的我们也不知道。我侄女大学毕业即将步入社会，求我一句忠告，我送她一句话："靠本事吃饭，凭良心做事。"又补充了一句："叔叔不是金口玉言，你不这么做也行。"

插线板事件之后，朋友对喜禾采取尾随战术，寸步不离。喜禾跑，她跟在屁股后面跑，喜禾站住了，她没停住，把他撞翻了。喜禾想去拿杯子，她抢在前面转移。喜禾不是去厨房就是去卫生间开水龙头，她把总闸关了。喜禾累了，就地一躺，她不能歇。喜禾爬起来，她很想歇但不能歇，她得继续尾随。三个小时后，她拿起了电话，准备向我们求救。

电话没打。喜禾困了，到了他每天雷打不动的午睡时间。她觉得没有必要打这个电话了。

她得到了短暂的休息机会，喜禾午睡的这两个小时，应该已被她列入了人生最美好的假期。这两个小时她想了很多：为什么喜禾这么好动？喜禾的爸爸妈妈平时是怎么带的？人生是不是苦旅？以及，为什么马桶放不出水？——她忘了关了总闸这回事。

朋友家小区有儿童游乐区域，喜禾一醒来，她就带喜禾去那儿了。

"你看他坐在秋千上荡得多欢畅。"朋友转身问喜禾，"你为什么就不喜欢荡秋千呢？"儿童游乐区有秋千有平衡木有蹦蹦床……小孩们玩得可带劲了，但喜禾对任何一个都没兴趣，唯一感兴趣的是健身椅，站在那里玩了半天——那还是因为有人把口香糖抹在健身椅上面了。

游乐场旁边就是一个人工湖，喜禾总想往湖里跳，朋友抱回来，他又去。反反复复很多次，朋友筋疲力尽。得了，还是回家去吧，朋友又把喜禾带回家了。

其间多次想给我们打电话，但后来她的犟脾气上来了——不就是一天吗？就不信带不了！

回到朋友家，喜禾就发现了金鱼。

“这是什么？”朋友问。

“金鱼。”喜禾早就认识了。

喜禾很兴奋，小手伸向马槽。

金鱼有九条命。听过这个说法没有？

没有？

我也没有。

后来的事实证明，金鱼确实只有一条命，多出半条命都没有。

…………

前几天又接到朋友的电话，她再次提出帮我们带一天喜禾，她是这么说的：

“这次你放心，我几个同事过来，这次我们家有三个人了还搞不定他？你放一万个心，肯定没问题……”

《花只有在开花的时候才是花》 九岁

22

送给妈妈的礼物

三八妇女节那天，妻子收到了一个礼物——一张粘满彩色纸屑的卡片，这是喜禾送给妈妈的节日礼物。如果前天喜禾给他妈妈的那张糖纸不算，这还是他第一次送给妈妈礼物。礼物是老师转交的。

跟平时一样，傍晚时分我们去幼儿园接喜禾；跟平时一样，看到我们来了老师就喊，“喜禾，爸爸妈妈接你来了”；跟平时一样，喜禾没听到；跟平时一样，老师一把把喜禾抓了过来；跟平时一样，喜禾这时才看到我们，笑了；跟平时一样，我们不会期待他嘴里叫出爸爸妈妈。

跟平时一样，我们眼巴巴地等着老师告诉我们喜禾这一天在幼儿园的表现。跟平时一样，老师夸喜禾有进步：今天他居然在小板凳上坐了九秒，午睡时他没睡着但乖乖在床上躺着，他没有抢小朋友的饼干，他好像拉了一下某个小朋友的手，这次老师讲故事时他没有影响到别的小朋友……跟平时一样，等我们走出幼儿园回到车上，我们会温习老师说过的每一句话、每一个字。

跟平时一样，早晨我们吃早饭晚上我们吃晚饭，饿了多吃几碗不饿少吃或者干脆不吃；跟平时一样，太阳从西边下去，下去后再见到要过一晚；跟平时一样，收银台排我前面等着结账的几个人我还是叫不出他们的名字……

有时，我是真恨“跟平时一样”，我希望生活来点变化，在早晨吃顿晚饭在晚上看太阳升起在收银台前等着结账的人主动告诉我他们的名字。所以，今天当老师拿出一张卡片说“喜禾祝妈妈节日快乐”，我心情爽极了——今天，跟平时不一样。

礼物是一张卡片，卡片上面粘满了彩色纸屑，此外，还有几个彩屑装饰成的“心”形。“心”形在手法上刻意营造出一种稚嫩，歪歪斜斜，还有两处故意没连上，目的是让人看了立即联想到“天真可爱”“天真烂漫”，或者是心脏都这样了，没几天活头了，赶紧送医院吧。卡片右下角还有一行童稚小字——“喜禾祝妈妈节日快乐！”……不用说就知道，整张卡片都出自老师之手：创意，老师的；卡片，老师的；彩纸，老师的；糨糊，老师的；粘上，用的还是老师的手……喜禾就干了一件事：撕纸。撕碎的纸，还是老师一点点从地上捡起来的。尽管如此，没人会把这些功劳归于老师，包括老师自己。“怎么可能是我做的？”老师说，“如果是我做的，我会撕得更碎。”——如果我问，老师也许会这么回答。

我和妻子分别亲了喜禾一口，算是对他做这张卡片的感谢——如果真想感谢做这张卡片的人，亲的应该是老师，但这不太可能。再说老师也不期待啊。

幼儿园别的小朋友都会在这天给妈妈做一件礼物吧。

“我的妈妈是世界上最好的妈妈，天天给我洗衣服。”小朋友画了一台洗衣机，借此表达对妈妈的爱。

“我妈妈最爱我了，她最爱最爱最爱我了。”小朋友画的是一张全家福，她在爸爸妈妈中间，幸福得像个小公主。

“我的妈妈最漂亮了，谁的妈妈都没有我的妈妈漂亮。”一个小朋友画了一个衣柜，这样她妈妈就能放更多衣服，就能打扮得更漂亮。

“我不画我不画我不画我不画我就是不画……她是坏妈妈。”昨天晚上他妈妈答应今天早晨带他吃麦当劳，但是一大早妈妈被领导的一个电话叫走了，儿子还在生气呢。

“我妈妈头发长长的，我妈妈鼻子高高的，我妈妈眼睛大大的，我妈妈的酒窝也是大大的。”小朋友一笔一笔地画着一年前就已不在人世的妈妈的形象。

“我妈妈就喜欢打麻将，我爸爸不喜欢妈妈打麻将，但妈妈还是要去打麻将，爸爸不让她去打麻将，妈妈就打爸爸，妈妈打了爸爸后，爸爸又打妈妈。”这个小朋友恨麻将，麻将长了一张丑陋的麻子脸。

“妈妈最喜欢我了，我也最喜欢妈妈。”小朋友画了一朵玫瑰送给妈妈。

…………

三八妇女节这天，幼儿园要求每个小朋友都给妈妈准备一件礼物，喜禾给妈妈准备一件什么礼物呢？幼儿园的老师伤透了脑筋。喜禾才不去想这档子事呢，不是他不愿意，不是他懒，他压根儿就不知道礼物，压根儿就不知道还要送妈妈礼物。他也不要别人的礼物，不是不想，是压根儿就没去想过。

终于，有个老师天才地发现——可以把喜禾撕碎的纸送给妈妈。于是，有了那张卡片。

虽然，我知道那张卡片跟喜禾的关系实在是有限，他根本就不知道在这个日子里要送件礼物给妈妈，我知道别的小朋友送给妈妈的礼物，可能是他们亲手完成的，喜禾只是撕了点纸，但有什么关系呢，怎么说，也是一件礼物。

这些碎纸如有生命，也会开心吧。它们第一次拥有一个听上去浪漫温情的名字——礼物。

23

你儿子真的飞走了

电动玩具后面都有一个开关——“ON-OFF”，不想玩了，往“OFF”一拨，立即停下。每次看到儿子从屋这头跑到那头，又从那头跑到这头，我就在想，所幸他喜欢光脚跑，要不然多费鞋。我想象着有这么一天，不想看他跑了，往“OFF”一拨，他就很长时间不动了，往“ON”一拨……我儿子身上也有这么一个开关吗？如果有，能给我换成声控的吗？——我可不想隔几分钟就起来关一次。在儿子身上没有找到开关，但发现了一个总闸——捂住他鼻孔、嘴巴三分钟。友情提醒：轻易别拉总闸，哪怕有时你非常想，非常非常非常想。

除了睡觉，他就是在跑，你都想象不出，他这么小小的一个躯体，何以蕴藏了那么巨大的能量，火山再猛烈也只是一阵，喷完也就歇了，他不是，永远在喷，永远在路上。每天的睡觉，不过是为下次的奔跑积蓄能量。他不停地跑着，一刻也闲不下来，有一次我对妻子说：“别说，他这样也挺好的，将来椅子沙发都不用买，能省不少钱呢。”有时他跑兴奋了，还伸展着双手做飞机状，一次跑着跑着突然他人不见了，然后听到外面有飞机声，妻子开了一句玩笑："你儿子真的飞走了。"

"休想骗我，不可能的事。"我说，"他再如何挥舞双手也飞不起来，你真的不知道原因吗——他太胖。"

你看天上飞的，哪个不是瘦骨嶙峋的？

有时，他还跑得心急火燎的，就像去赶末班车，这时希望有人及时提醒一句："孩子，你追不上的。别跑了，老老实实地等下一趟吧。"

既然他身上没有开关，我又不能拉总闸，当他在屋子里跑来跑去的时候，我就静静地等着，等着他的电池耗完。

跟所有的孩子一样，他经历了一段漫长的爬行动物阶段。爬行阶段结束后，他选了一条跟大多数小孩不同的道路——跳过"走"，直接到了"跑"。有个小孩学习成绩很好，小学二年级读完直接读的四年级，他妈妈可骄傲了，逢人就说："我儿子太棒了，他在小学还跳级。"……我不知道这有什么可骄傲的，我儿子连"走"都跳了过去，你看我在人前炫耀过吗？

我从未见喜禾慢悠悠地、从容地走过路，带他去外面玩，刚从我身上滑下来，脚一沾地，他就往前冲了过去。有一阵天气出奇地热，地表烫得都能煎鸡蛋，我想他落地就跑是为了让脚减少接触地表吧，但这种极端天气一年能有几天呢？北京处于中纬度暖温带，处于温带季风气候与温带大陆性气候的交界处，但温带季风性气候影响要更大些，如一定要归类，应算温带季风性气候……总而言之，北京大部分日子还是很舒服的。有一次，刚出楼道门，他就像离弦之箭射了出去，这时正好开过来一辆汽车，司机猛踩刹车。司机吓坏了，摇下窗户探出头来问我：

“他怎么跑这么快？”

“还不是因为发动机好，2.0T12缸，最大输出6200。”

“那加速应该不错！”

“不是跟你吹，百公里加速只要9.2秒。”

“功能不错啊。”

“那当然，高功能，我还告诉你，带导航的。”

“你说得我都心痒痒了，回去我就跟老婆商量，换个跟你一样的儿子。”

…………

祝福他。

不会走路只会跑也没什么，无非是比别人少几次捡到钱包的机会，但也有优势啊——比别人到家快。有一次我在小区花园遇到一个女邻居，彼此留下QQ号码待来日视频后各回各家，她走到楼下时看到我家灯已经亮了，打电话给我：“你都到家了，怎么这么快？”

她不知道我有个能跑的儿子吗？

但是，不会走路只会跑，不仅仅是错过捡到钱包这么简单，路上的风景，人生的风景，他就欣赏不到了。我有一次坐高铁路过江苏，想看看江南美景，往窗户外一看立即扭头——没法看，速度太快，一看就晕。我儿子也等同于一列高速行驶中的火车，路上风景再美，他的感受也只是晕。

他为什么不喜欢走而喜欢跑？

也许他这么想：同样的路程，跑步肯定比走路先到达目的地，人生这段旅程，应该同理。

想到我儿子将来比同龄人率先长到十八岁，率先进入恋爱的年纪，率先找到女朋友，我就忍不住得意——我也不是全输，我手里还是有几张好牌的。

Father loves

Xihe

喜禾的画

《神灯》八岁

24

千金难买诺贝尔和平奖

朋友的女儿一岁多，很可爱，我逗了一会儿，转身就对朋友说："你女儿程度不错。"朋友愕然。

我现在有一个习惯，看一个孩子，首先会去判断他是不是自闭症——对视？行为？反应？社会性？语言？语言理解力？……"可爱""美丽""聪明""活泼"等等，这些经常用来赞美孩子的形容词不是我优先考虑的，我只判断"是"或"不是"。我甚至连基本的夸奖都不会了，一次在朋友孩子的百日宴上，我对朋友说："我观察了很久，我相信我的经验，我可以百分之百地保证，你儿子不是自闭症。"朋友根本就没问这事，都没往这方面想。除了我，哪个正常人会往那方面想？朋友当然不会领情，但是如果谁对我说："我百分之百跟你保证，你儿子不是自闭症！"我身上有多少钱我都掏给他。千金难买一言。

判断小孩是不是自闭症成了我一个新乐子，周末在肯德基，我一边吃着原味鸡块一边观察周围的孩子。这个不是，那个也不是，那个还不是，这个不太确定……不是，这个也不是。如果我去恭喜那些家长，他们不会揍我吧。

我妻子也有这个爱好，有一次在超市，一个妈妈推着小孩过来，我们的目光不约而同地追随了过去，一会儿我妻子说："我有点拿不准。"我说："不是。"妻子又看了一会儿："确实不是。"我又说："但也不好说，我现在也拿不准了。"……我百分之百地保证，我跟我妻子事先并没有约定，就是下意识，就是习惯了，就是默契。

夏天的游泳池里，更多的是小孩，看到那么多小孩等着我们去评判、诊断、打分，可有成就感了。

我有点拿不准："你说那个呢？"

她肯定地说："不是。"

我："那这个是不是？"

"是什么是，你看他那眼神、互动。我倒是觉得那个……"没等我回答她自己就否定了，"不是。"

我惊喜地说："老婆，你看这个……"

妻子："一看就不是，刚才他还向旁边的小女孩脸上泼水呢，社会性这么好，可能吗？"

我："我不是说小孩，你看旁边，他妈妈……"

我们俩盯着小孩的妈妈看，一直看。看来一会儿我得去找那个小孩谈谈："小朋友，你妈妈有可能是自闭症，至少是边缘、倾向……还是找个时间带你妈妈去医院检查一下吧。"

一个个地去判断他们是不是有自闭症——虽然 99.999% 都不是，真的非常有乐趣，有成就感，这种乐趣、成就感，仅次于从耳洞里掏出一大块耳屎。

后来，我发现有我这种嗜好的不止我一个，我们这些家长经常聚在一起取经、交流，经常不知不觉地就开始给他人评判、诊断了。

“我觉得不是，他有语言。”

“那也叫语言吗？没有理解力，最多算鹦鹉学舌，我看就是。”

“眼神还可以啊。”

“飘，非常飘，严重怀疑。”

…………

“那个小孩真的不像，还能上学，数学得了一个全班最高分。”

“他们学习成绩好的多的是，最多只能说明，智力没损伤，认知不错……关键的社会性呢，互动呢，有吗？你问他妈妈，他跟同学有交流吗？”

…………

这些家长到一起，一个比一个专业，一个比一个准、毒辣，相互之间还会评判：“我看你也有点，你儿子肯定是遗传。”

一次有个女家长感慨：“我跟我老公谈恋爱时，他连看都不看我一眼，现在还不看。”话音刚落，呼应者众：“对啊，我老公也不看我。”“我也是，结婚前我带他回家，我妈跟我说他怎么老是不跟我们对视，原来不知道啊，早知道我就不跟他结婚了。”

我也成了他们评判的对象：

“我看喜禾爸爸就是。”

“喜禾爸爸有眼神好不好，他看人的。”

“他不是不看人，他是太看人了，直勾勾地盯着人看，我觉得就是，至少是边缘。”

“什么边缘，就是。”

“那他还会写文章？”

“莫扎特还会谱曲呢。”

“他有情商，还知道开玩笑。”

“那还叫有情商啊，开起玩笑来一点分寸都没有，他的玩笑属于典型的自我刺激，而且你们注意过没有——只要是他不感兴趣的话题，就从来没见他说过一句话，没发表过一句意见。”

“对，他就是自闭症！”

…………

幸好，他们还不知道我更多的习惯：

我在网上下军棋已达十四年之久——刻板；

我除了下军棋，别的游戏一概不玩，不会，最近才学会斗地主，很快痴迷上了——兴趣单一；

我不喜欢应酬，天天宅在家——封闭；

我喜欢独来独往——孤僻；

我跟陌生人谈话很紧张——社会性差；

最重要的是，据我老婆说，在家吃饭时我只会给自己拿一双筷子。

…………

所以我要感谢我妈，我能上学，我能参加工作，出门在外这么些年一直能混上口饭吃，还能在北京买上房，朋友不多但也有几个，不喜欢跟人交流但不妨碍偶尔说几句讨女人喜欢的话，最不愿意拍马屁但一拍就是屁精，也擅长人前一套人后一套，吃完肉就骂娘，看到混得比自己差活得比自己惨的人，尤其是街头乞讨的人，就充满同情心。但看到谁的车比自己的好就想划上一道。十五岁就写了第一首情诗，结婚之前谈过几次恋爱，结婚后还是想跟别人谈恋爱，但念头一起就被自己给掐了，结婚后努力想成为一个好丈夫，还生了一个儿子，虽然儿子不怎么样。这么些年我混迹正常社会，装得就像一个正常人，你不仔细看还看不出来……你说我能变成现在这样，我妈多不容易，她付出了多少努力。

虽然我现在也并不怎么样，但就一点：四十岁前都没人发现我是自闭症，这是多么了不起的成就，理当获得诺贝尔和平奖——蔡春猪的母亲在儿子与社会融合这一块做出了卓越的探索，也取得了杰出的成就。瑞典诺贝尔委员会决定将本年度诺贝尔和平奖授予这位女士，以此表彰、感谢她对自闭症康复事业、世界和平做出的伟大贡献。

希望，将来我妻子也因为培养了蔡喜禾而再次获得诺贝尔和平奖。

25

大海之子

“喜禾，这是什么？”

我们带喜禾去北戴河，我指着眼前的一片汪洋问他，他连连后退。他在卡片上认识了大海，但第一次见到真的大海，还是被那气势吓住了。大海真大，比卡片上的大多了，十倍还不止。

但很快，他又抑制不住好奇心，一步一步地、试探性地接近大海。一个小浪涌来，没过了他的脚面，他紧闭双眼，海水淹没他双脚后又缓缓退去，那一瞬间，我看到他脸上流露出一种被抚摸的舒展、陶醉。旋即，他匍匐在沙滩上，低下头，用嘴唇去一一亲吻下面的细沙、浪花。那一刻我脑子里涌现出叶芝的诗：“多少人爱你青春欢畅的时辰，爱慕你的美丽，假意或真心，只有一个人爱你那朝圣者的灵魂。”

在那一刻，喜禾就是一个朝圣者，有一颗朝圣的灵魂。

“你们快来看，这儿有个小孩好可爱。”

几个泳装女孩被喜禾吸引了过来。她们你一句我一句，叽叽喳喳的嘴就没闲过。“他是在干吗？”“他怎么这么可爱？”“他叫什么名字？”“叫他他怎么也不理我？”“我可以抱他吗？”“我可以跟他拍照吗？”……她们的问题太多太密集了，全回答不可能，我挑了一个有代表性的，我说：“他可爱那是因为遗传自他爸爸。”说完我妻子就瞪了我一眼——我估计是因为没提到她生气了。其实我也有问题想问她们，我的问题就一个：“你们逗他的时候能不能提提衣领？”

之后，有个女孩跟喜禾拍照时，左手还一直紧紧握住衣领。其实那个问题我根本没问出口，只是在心里发了一下问，不知道她是怎么听到的。看来世界上确实存在着心灵感应。

他在陆地上的时候，不太会走路，只会跑，跑起来又跌跌撞撞，像是随时都有可能跌倒，都三岁了还爬不了几级阶梯。到了水里可就不一样了。他不让我们领，穿着游泳衣自己玩得可好了，翻个身仰一会儿，爬起来趴一会儿，扑腾两下，翻滚几下。

他是大海之子。

看他在海里玩得那么起劲，我对妻子说：“咱们回家，就让他在海里玩吧。”

他想一直待在水里不出来，我们强行把他抱回了沙滩上。

跟海里比，沙滩上人更多，很大一部分是三口之家。我们去哪里玩都尽量避开三口之家，尤其有跟喜禾差不多大的孩子的家庭，原因很简单——减少刺激。其实我儿子挺不错的，各方面都不错，我们经常会忘了他是个特殊孩子。有很长一段时间，我们能接触到的孩子除了喜禾就是他机构里的同学，他们都一样，不理人不看人不说话自己傻乐，于是我有了一种错觉：这才是常态，全天下的孩子都是这样的。然后有一天在肯德基，一个三岁的小朋友过生日，给他庆生的还有几个跟他差不多大的同伴，看到他们的行为表现，那一瞬间我疑惑了——这都是真的吗？这些孩子是真的吗？油炸食品吃多了会长胖也是真的吗？

我们旁边就是一家三口，爸爸妈妈带着儿子。他们像是打算在海边安家了，遮阳伞、躺椅、铺垫、小马扎、各种吃的、各种小玩具，而我们这次来北戴河属于临时起意，很仓促，什么都没带，按道理应该给儿子带把铲子带个小桶之类的。不过我儿子很会就地取材，旁边小朋友玩铲子的时候，我儿子从沙子中翻出了一个烟头；旁边小朋友玩飞盘的时候，我儿子从沙子中找到了一个塑料袋。一阵海风吹来，塑料袋在空中的姿态比他们的飞盘更轻盈、更优雅，飞得也更高。

旁边那个妈妈不时会看我们一眼，她的眼神在说：什么父母啊，儿子在翻垃圾也不管管。

我们把儿子放倒在沙滩上，没有工具，我跟妻子两人一捧沙一捧沙地往他身上浇。一会儿旁边那个小孩过来了，手里还拿着一把铲子。小孩说："妈妈说，借给你们玩。"——她怎么知道我们准备把儿子活埋了？她是嫌我们动作慢所以借我们工具吗？

当然不是。但我拿过铲子后，确实悄悄跟妻子这么开了一下玩笑。

这个玩笑一点都不好笑。大多数的玩笑都不好笑，但我还是要开。总得做点什么。

我们在北戴河玩了两天，准确地说，喜禾喝了两天海水。

第一天刚看到大海，问他是什么，他说不出来，第二天远远看到大海，没等我问，他就说了："大海。"我心里颇欣慰。

大海真大，喜禾喝了两天海水，海平面没见往下落一点；大海其实真小，喜禾只是撒了泡尿，就听到旁边一个老者惊呼："水又深了，涨潮了。"

26

你好，神仙

目前科学界拿自闭症都束手无策，这是公论。但也有人不这么认为，有一次一位女士跟我说：“明明可以治好却不去治，就知道哭哭啼啼，我看你们这些家长是活该……”

她这么说，我有些不快，但觉得她说的也在理——如果确实能有方法治疗而我们不去治，我们这些家长确实太活该了。我想知道她有什么好方法，于是我跟她有了进一步的交流。她跟我说她不是什么医生，也没看过任何医学方面的书，之所以她对治疗自闭症有一套，是因为几年前她去西藏，遇到一个神人……

接着她跟我讲了她跟神人的故事，很传奇，尤其她怎么遇到的神人那一段，我竟然有了共鸣，于是我跟她讲了另一个故事——秦末张良刺杀始皇未遂，逃亡至下邳时在沂水圯桥头遇一穿着粗布短袍的老翁，老翁故意把鞋脱落桥下，还傲慢地差使张良捡鞋……后来大家都知道了，那个老翁其实就是神仙黄石公。我平时喜欢看点野史，所以脑子里面这类的故事很多，她一说她的故事我立即想起来了，但显然这位女士对野史没兴趣，她听后颇不悦，说："我说话时你最好别打岔，让你说时你再说。"

接着她继续讲她的传奇。她在讲她神秘的西藏之旅时，担心我睡着了，不时会提醒我一句："还在听吗？你有什么想问我的吗？"我还真是有问题想问她，而且不止一个，我挑了一个我认为最重要的问题，我问："在西藏拉完屎站起来时会不会头晕？"

我还没去过西藏呢，一直想去，西藏那地方海拔高，我格外担心这一点。她不喜欢我问的这个问题——补充一下，她似乎不喜欢我所有的问题，我问任何一个问题，最后都是惹她不高兴，她明知我的问题会让她不高兴，还总提醒我问问题，我不明白这是为什么。这次她听了我的问题后，义正词严地跟我说："我在很严肃地说你儿子的问题呢，你这人怎么这么不靠谱？"

在我儿子这件事情上，已经多次有人说我不靠谱了。一次有个心地善良的女孩兴冲冲地问我："喜禾最近怎么样了？"我说："还活着。"女孩说："你就不能好好说话？"我说："他确实还活着，我把手指放他鼻子跟前试过了。"她气得要哭了，说："我是关心喜禾。"我说："我知道你关心喜禾，所以我才跟你说实话，不信你自己可以过来看。"女孩最后给我下了个结论："你太不靠谱了，喜禾有你这个爸爸真是不幸。"

回到上面那个故事，女士之所以不厌其烦地讲她跟神人的传奇，就是想跟我说明一个道理：高手在民间，她经高人点拨后，也成了高手——二手高手。但我认为再高的手终归也是手，不会是脚，更不会是长颈鹿，也得有方法、有办法，当初张良遇到黄石公，这一面之缘并不能保证他帮刘邦得天下，最后靠的还是黄石公给他的那部《太公兵法》。所以我又问女士：“他给你《太公兵法》了吗？”她说：“什么？”我说：“那个老者有没有交给你一部什么秘籍之类的？”她说：“老先生不识字。”

不识字并不影响老先生留下一部秘籍。你肯定听过“无字天书”这个说法。无字天书其实是指现在所说的《易》，据说最初的《易》只有符号，没有文字。这我能想象出，比方我儿子现在不识字，将来也不让他学识字，但他又遗传了我对文学的热爱，所以将来他写小说，一定是通过符号来实现。比方他要写这么一句——“很多年前我爸爸认为我是自闭症，还开了我很多玩笑”——的话，他只需要画一把血淋淋的菜刀，大家一看便知：你看这个儿子对父亲开他的玩笑最后忍无可忍，下手了。

我很关心那位老先生有没有口授她治疗自闭症方面的秘籍时，她这么跟我说：“肯定是有的啦！”“那是一定的啦！”“那还用说吗？”“还不只治疗自闭症啦！”从她这几句话里我们能发现一件有意思的事情——她很喜欢用语气助词“的啦”。但问到到底是什么方法、如何医治时，她却不肯多说一句了：“这是我的秘方，告诉你不就等于别人也知道了？”然后她对我保证：“你放心，只要你把孩子交给我，三个月之后我保证给你一个好孩子。”

我不信任所有的保证，结婚前，我曾经信誓旦旦地对妻子保证：“跟我结婚我保证让你过上幸福生活……”现在我妻子每天要领着儿子去机构接受各种训练，无论刮风下雨，这肯定谈不上是幸福生活。我以为幸福生活应该是这样：每天都有机构的人主动上我家给我儿子训练，无论刮风下雨。

她让我把儿子交给她，三个月后还一个好的给我，我没答应。很多年前我也说过这样的话："这本书我借去看看，最多一个月我就还你。"十多年过去，那本书现在还在我的书架上。我担心我把儿子交给她三个月后我去要，她跟我说实验彻底失败了……以我对自己的了解，我可能会爽快地答应她用别的方式还我，所以在她有机会说那句话之前，先拒绝了她。

一年过去，我儿子跟以前没多大区别。所以有时我也忍不住想：若当初答应了她，现在又是如何呢？

《心里暗暗说“再也不吃不干净的食物了”的老鼠》 九岁

27

你儿子竟然对我撒谎

一到家，妻子就非常生气地跟我说："你儿子竟然对我撒谎！"

我不太相信这个消息，我信任我的儿子——不是信任他的人品，是信任他的能力——他现在连完整的一句话都说不出，还会撒谎？

"这不太可能吧？"我说。

"那你意思我在撒谎？"妻子说。

妻子更不会撒谎——不是她没有这个能力，是我信任她的人品。我只是好奇——儿子如何撒的谎？

事情是这样的：最近他厌学情绪严重，总想逃避上课，刚坐下来准备上课，他就站起来，示意要撒尿。妻子带他去厕所，结果一滴尿都没撒出。回到课堂，刚坐下他又要撒尿……如此折腾几次，很快就到下课时间了。

听完妻子讲述后，我说："不一定就是撒谎吧，有没有可能尿道结石，真的尿不出？"

妻子一听，怒了："我为什么每次跟你说点事，都那么费劲呢？"

“那么费劲”的原因有三，一……其实我能一二三四地说出好几个原因，我有这个能力，但这个时候最好闭嘴——不想打架的话。

撒谎就是坏孩子吗？

是的！这是大部分家长的共识。一个人一旦成为爸爸或妈妈后，就会面临很多问题，为此焦虑、担忧、惶恐、寝食难安，其中最大的一个就是孩子撒谎。我一个朋友就是典型，三天两头就跟我诉苦：“怎么办，大头又撒谎了，我跟他说作业做完了才能看电视，他说做完了，我一看，屁！”“拿他一点办法都没有，又跟我说他病了，不能去上学。”“他对我说玩具是同学送给他的，但今天我去问老师了……”我刚认识她时，她是那么天真烂漫、无忧无虑，永远不会为世俗生活而苦恼，她多会隐藏多会演戏，差点就上她当了。有一次她跟我诉完苦，最后来了一串振聋发聩气壮山河排山倒海的提问：

“你说他老是撒谎，怎么办？怎么办？怎么办？怎么办？怎么办？怎么办？怎么办？”

其实很好办，看你钱包有多少钱。也不要很多钱，能上普通馆子就行，要几个菜，开瓶酒，为他儿子会撒谎而举杯同庆。会撒谎，至少说明具备了这么几个能力：有语言；有语言理解能力；有表达能力；有想象力；有自信；有表演才华；有情商。爱撒谎尤其还能屡屡得手，说明他的认知能力比别的孩子更强。我不是乱说的，一个美国的专家就说了，撒谎是一个复杂的大脑思维过程，撒谎成性而且还能成功的人，具备比别人更强的思维和推理能力。……所以，如果我儿子会撒谎，对我来讲绝对是利好消息，仅次于听到说中国人均 GDP 超过日本。要是哪天有人过来跟我说：“你儿子最近总撒谎。”我当即就给他一个大红包，下楼放挂万响的鞭炮，上电视台为父老乡亲点播一首《好日子》。

但是，那个人迟迟未至——是不是我家门铃坏了？

接下来我的工作很明确：训练儿子撒谎。

“爸爸，我洗过手了，我可以吃了吗？”——他伸手拿苹果时手上还有未擦干的水，真的洗过了，不能给。

“爸爸，我洗过手了，我可以吃了吗？”——他的手就像刚掏过烟囱，很棒，可以吃了。

“爸爸，我的鞋子坏了，你能帮我再买双新的吗？”——鞋坏得不能再坏，五根脚指头全露外面，不买。

“爸爸，我的鞋子坏了，你能帮我再买双新的吗？”——这小子正在用锯子锯鞋呢，买。

“爸爸，老师让我们交钱买作业本。”——用不着打电话问老师，他压根儿就没上过学——五百元够吗？！

…………

他撒一个谎，好棒，奖励一根棒棒糖。又撒一个谎，真棒，奖励……又撒了一个，不行，这不是谎言这是大实话，哪能说实话，以后去社会上怎么混，三天你都别想吃棒棒糖，必须惩罚他。我可能是全世界绝无仅有的家长。

他出口成谎满嘴谎言的那一天，我就能坦然面对列祖列宗了——你们的后代小喜禾也不差，他跟大家伙一样也会撒谎了。

但是很遗憾，我儿子可能一辈子都不会撒谎——不是因为他没有这个能力，是我太相信他的人品了，世界上再也找不出一个比他更天真善良纯洁本分的孩子了，他居然认为电话是可以吃的。

《四只叠在一起永不分离的碗》 九岁

28

我的孙子聪明着呢

喜禾快三岁了才见到奶奶。

他一岁的时候，春节时本想带他回老家，考虑到湖南气候、环境跟北方相差甚大，他还小，万一有点感冒发烧，就那么几天不够折腾的，想等他大点再说，当年没回。他两岁的时候，春节时想带他回去让奶奶看看，那时我们还不知道他有自闭症这回事，就是觉得他跟别的小孩不一样，难带，非常难带，考虑到路途遥远，春运期间人又多，最后还是我一个人回去了……所以喜禾三岁前，一直没见过奶奶。

这期间，家里倒是经常有人来北京看喜禾。每次有人来过后，我妈就会在电话里唠叨："现在只有他爷爷、大伯父、大姑、大姑父、大婶和我没见过喜禾了。"我妈有一张"没见过喜禾的人"名单，眼瞅着名单上的人越来越少，我妈的语气也越来越落寞："现在只有他大姑父、大婶和我没见过喜禾了。""现在只有他大姑父和我没见过喜禾了。"……再后来，"没见过喜禾的人"名单上只剩下了她一人。

又一年过去，喜禾三岁了，又到春节，这次我早早就不打算带他回去了，跟气候无关，跟路途无关，我就想在北京待着，哪儿都不去。打电话回家，我妈问："春节带喜禾回来吗？"我说没想好呢。次日她又问，我还是回答说没想好。后来她就不再问，反倒替我找理由："不回来也好，湖南太冷，喜禾太小了，等过完年，八九月天气好的时候再说吧。""九月份我七十摆酒席的时候你们都回来，那个时候不冷不热，正好……"她这么一说，我反倒觉得该回去了。喜禾都三岁了，还没见过奶奶呢。

喜禾三岁的时候终于见到了奶奶，但是不认识。

"这是谁？"问他，他看都不看一眼。

"这是奶奶，叫奶奶。"他听不见。

我妈维护着喜禾："他当然不认识我了，原来都没见过。"又像是说给自己听："过几天他就认识奶奶了。"

过了几天，还是不认识。但是他认识鸭子了，邻居养了几只鸭子。"鸭子，鸭子。"见到鸭子，不需人问，他自己就先叫了出来，然后就追，见一次就追一次，追得鸭子满地窜。有一次他把鸭子逼到死角，鸭子的本能都被激活了，尝试着展翅。如果我把喜禾丢在老家一年，明年春节再回去，喜禾有没有变化我说不好，但那些鸭子肯定都变成天鹅了，在屋顶上飞来飞去。但是邻居就会跟我急："现在我自己养的鸭子都不能杀了，成了国家保护的野生动物，你儿子太讨厌了。"

"他连鸭子都会叫，怎么就不会叫奶奶呢？"在他心里她还不如一只鸭子，我妈想不通。在他心里我还不如"安全通道"呢，每次看到安全通道，他就会叫出来，但就是不会叫"爸爸"。

我妈没放弃，一得闲就往喜禾身边凑。

“喜禾，我是谁？”

“我是奶奶，叫奶奶。”

“叫奶奶给你糖吃。”

…………

屡试屡败后，我妈迅速找到了原因：“我知道了，他不懂我说的话。”

喜禾从出生到现在，一直生活在讲普通话的环境中，没听过家乡的方言。

“我讲普通话他是不是就听得懂了？”我妈问。

“你讲普通话我都听不懂了。”我说。

我妈一辈子没说过一句普通话，将近七十岁的时候为了跟她的孙子喜禾交流，开始学习说普通话。看到她对喜禾说着普通话，那么认真，那么努力，那么费劲，我在思考一个问题——她凭什么认为她说的就是普通话？到底哪儿来的自信？

我再也受不了她那些自以为是的普通话，有一次看到她兴致勃勃地用普通话对喜禾说话，我忍不住打断：“妈，你还不是赵忠祥呢，就算你是赵忠祥，他也听不懂你说什么。”

我的话给了她沉重一击，她上次受打击还是十几年前，刚下崽的母猪偷吃了几头猪崽。她手里握着一粒糖——本来打算作为喜禾叫奶奶的奖励，却一把把糖塞进了自己嘴里，还嚼得嘎巴响——想证明自己牙齿好？想代言牙膏广告？不过话说回来，都七十岁了还有这么一口好牙，确实难得。问题是，她能吃出甜味来吗？

断黑时分，看到我妈在列祖列宗的牌位前喃喃自语——这次说的不是普通话了——终于不说普通话了，谢天谢地谢祖宗。南宋时老祖宗从河南内迁至湖南这块小地盘上，就此扎下了根，世世代代没走出去过，跟他们说话真的用不着普通话。

我兄弟姐妹多，我妈孙子孙女加一块儿都快十个了，但我知道，她最心疼最牵挂的还是喜禾。春节在家那几天，她追着喜禾屁股转。跟我一样，喜禾每一点微不足道的进步都能带给她巨大的欣喜、安慰。有一天她跟我说：

“喜禾说话真好听。”

我说：“他说过话吗？”

喜禾嘴里叽里呱啦单音节的词就没停过，语言最重要的一个功能就是交流，在语言学家眼里，喜禾说的那种谈不上是语言，我站在专家这一边。

我妈说：“那不是说话吗？”

我说：“那是说话吗？”

“那怎么就不是说话了？”她有几分不悦，“我的孙子一点都不傻，聪明着呢，说话比谁都好听，我就喜欢听他说话。”

好，你赢了，不跟你争。

喜禾在老家很开心，每天跑来跑去，嘴里照旧叽里呱啦地念叨着谁都听不懂的话。但是，他奶奶听得懂，至少表面上看是这样。无论喜禾说什么，他奶奶就热切地附和着，时而点个头，时而嗯啊几声，有时还说上几句：“对，这是腊肉，这个肉是没有污染的，你们在北京是吃不到的，我给你爸爸也准备了几块，带回北京去吃。”

“这是麻将，打麻将是赌博，是不好的，以后你不能赌博，要听奶奶的话知道吗？麻将也要少打。”

“这是水缸，水缸是装水的，人渴了就要喝水，饿了就要吃饭，累了就歇会儿。但人不能总闲着，要找点事干。”

“这是洗衣机，你大伯给奶奶买的，奶奶老了，手不能浸水……爸爸妈妈对你这么好，等他们老了也给他们买个洗衣机。”

…………

我哥的小女儿，比喜禾小八个月，奶奶要是说她几句，她立即给予反击。我儿子不一样，不管奶奶说什么，他都虚心接受，不会生气，不会不耐烦，也从来不反驳。这一点，他比所有孩子表现得都好，着实让人骄傲。

只要给喜禾吃的，我们就会习惯性地问：“喜禾，这是什么？”我妈很快也学会了，照葫芦画瓢，给喜禾吃点东西，都要先来一句：“喜禾，这是什么？”现在的零食形形色色五花八门，很多问喜禾的她自己都叫不出来。形成习惯后，有一次她给我一个橘子，紧接着就是一句：

“这是什么？”

当即大家都笑了，后来，全家人都学会用这个开玩笑了，一人给另一人东西时，都会来上这么一句，然后期待笑声。

是很好笑，但不一定都好笑。有一次我哥的小女儿拿着盒牛奶在问喜禾：

“这是什么？”

“牛奶。”喜禾说。

“这是什么？”她又问。

“牛奶。”喜禾说。

“这是什么？”她继续。

“牛奶。”喜禾说。

…………

喜禾都告诉你多少次牛奶了，你倒是给啊，还不给，还问。我必须出马，结束这场没有尽头的拉锯战。

“儿子，这是牛奶，你说对了，你很棒！不用因此怀疑自己，更不用因此怀疑人生。”

我妈那么多的孙子孙女，不缺人叫“奶奶”，但她最想听的是喜禾的一声“奶奶”。喜禾在糖果的诱惑下叫了一声“奶奶”，她高兴得要跳起来：“你们听到没有，喜禾叫奶奶了。”接着她开始分析：“喜禾叫奶奶，说的是你们北京话吗？就是普通话吧？！我怎么还听出有一点东北口音？”

我妈不但有一口好牙，耳朵也很好使。她怎么保养的？

我耳朵不好，什么都没听出来。就那么两个字，能听出朵花来？

几日后，我们要回北京了，临走，又让喜禾叫“奶奶”。

喜禾嘴里迸出了两个音，我没法确定是不是在叫“奶奶”，也许就是，不过他用的不是汉语——乌尔都语？突厥语？斯瓦西里语？或者阿拉伯语？……不知道。全世界现存的语言有两千七百九十六种——法国科学院最新统计结果。让我妈一个个分析去吧，反正她也没事干。明年回来，希望她能告诉我们结果。

29

煨鸡蛋万岁

春节在老家，有一天我姐夫提着一桶鳝鱼来了。

我明白他的意思，喜禾身体不灵活，动作不协调，而这恰恰是鳝鱼的优势，取长补短，吃了鳝鱼他就跟鳝鱼一样灵活了。姐夫以前就跟我说过这事，但我没想到他来真的。我说："猴子呢？不是让你弄只猴子的吗？"如果吃了鳝鱼就能跟鳝鱼一样灵活，那更应该吃猴子，跟猴子比，鳝鱼算什么？姐夫说："去哪儿弄猴子？"是啊，猴子不好弄，凑合着吃吧。

我把喜禾抱过来，问："这是什么？"他当然不会知道，他都没见过。"这是鳝鱼，知道吗？吃了你就跟它一样……也会钻洞。"说实话，以前我对儿子有很多期望，那些期望尽管也有些不切实际，比方获个诺贝尔文学奖之类的，但从来都没敢奢望将来有一天他还能钻洞。计划赶不上变化。

我听到过形形色色的偏方，吃鳝鱼相比算是最没有想象力的了。有一次有人在网上对我说，给喜禾吃蚯蚓，蚯蚓还必须是子时挖的，放炭火上烧红为末，口服，一天一次，吃上七七四十九天，保准见效。我就纳闷了，吃鳝鱼治自闭症药理方面的依据我暂时不知道，取鳝鱼之灵动去弥补喜禾之笨拙，逻辑方面还是有一定说服力的，也算是局部的对症下药。但这个蚯蚓……它身上有何长处可取？他没正面回答，只是说了偏方的来源、奇效，还说前几天还有个牛皮癣患者用他推荐的这个方法康复了。“牛皮癣？”我反问，“我什么时候说过我儿子有牛皮癣了？”他说：“没有吗？你稍等。”几分钟后他问我：“不好意思，请问你是乐乐爹吗？”

我妈也打听到了很多这种偏方，一次打电话，跟我说哪儿有个仙姑如何之灵验，喝她一碗水百病全消，连外省的达官显贵都不远万里前来拜神，我妈让我也试试。子不语怪力乱神，除了达尔文之外，我最相信的是孔夫子的教导，对怪力乱神一向敬而远之，也不相信所谓的民间偏方，没等我妈话说完，我就把电话挂了，半个月都没打过一个电话回家。此后，我妈再不敢在我跟前提及，当然，她内心是蠢蠢欲动、伺机而动的。春节回家那几天，她言语中隐约又有那个意思了，虽然没明说。有一天，我看到她背着我给喜禾吃东西，看到我来，还手忙脚乱地藏了起来。

我问：“妈，你给我儿子吃什么呢？”

我妈说：“没吃什么，糖。”

我说：“给我也吃吃呗。”

我妈说：“吃完了。”

我说：“你手里不是还有吗？”

我掰开她的手，发现半个熟鸡蛋，接着我又从她的衣服口袋里掏出了一个鸡蛋，蛋壳上面还系着一根黑绳——煨鸡蛋。

只是吃个煨鸡蛋，不值得大惊小怪，但事情不是这么简单。我们老家有个习俗，凡事问仙姑，大到生老病死，小到找不到钥匙。点上三根线香，烧几张纸钱，仙姑给你卜上一卦——钥匙就在堂屋八角桌下的灶台里，你快回去找吧。果然，钥匙就在八角桌下的灶台里，不但自己的钥匙找到了，还发现了邻居的钥匙。现在，每次我手机找不到，就非常怀念仙姑。除了问因果，仙姑会给你几升米——米里面都是烧纸灰，几个煨鸡蛋——是用粽叶包着鸡蛋，再捆上废纸，放水里浸湿后，埋入柴火灰中煨，一段时间后再取出，就成了煨鸡蛋，去纸去叶，剥壳取蛋，外观金黄，很香，我小时没少吃。几升米和煨鸡蛋的神奇之处在于，仙姑下了咒语赋予了它们神力，吃了逢凶化吉病去灾消。

有煨鸡蛋，就说明我妈背着我找过仙姑。我很生气，我说："为什么给我儿子吃这个？""吃了好啊，煨鸡蛋……"她还真的打算就煨鸡蛋的神效做长篇大论，我一点不给她机会："他不吃，以后别给他吃这些乱七八糟的。"抱上儿子我就走了。我妈愣在那里，手里还拿着吃剩的半个煨鸡蛋。我走了她就把半个煨鸡蛋塞进自己嘴里，倒不一定是乞求逢凶化吉，她舍不得浪费东西，况且还是这么有营养的鸡蛋。

晚上我哥找我谈话，他开口之前我就知道他为何而来。我说："她明明知道我反对这些乱七八糟的。"我哥没着急说话，从我那里拿了根烟点着，抽完，然后说："一会儿我给你几包好烟。"接着又说："喜禾进步很大，比我上次到北京看到时好多了。"我说："就那么回事吧。"

又补充道："进步大不一定就是好事，基础很差的人才会有进步。"我哥问："喜禾还一直在机构训练呢？"我说："不去机构还有别的办法？"

一会儿我们就没话可说了，我正准备走，他把我拉住："再说几句。"接着，他连珠炮似的问了三个问题：

"自闭症的病因现在医学界有说法了吗？"

"治疗的方法出来了吗？"

"什么时候能出来？"

一个我都回答不上。有一次我去参加一个活动，碰到一个致力于自闭症研究的医学博士，我向他打听自闭症最近的研究成果，问的也是这几个问题：

"病因方面有说法了吗？"

"新的有效的治疗方法有了吗？"

"还没有，那什么时候有，我们还要等多久？"

博士态度是诚恳的，看得出来是真心想帮助我们，帮助这个群体，但他也只有态度，我真想要的，他都给不了。

"相信科学，相信攻克自闭症的那一天一定会到来。"博士说。

人类都上月球了，我能不相信科学？而且我还相信，等人类登上火星之后，科学家就会腾出手来解决自闭症。所以我当务之急，是配合科学，保证喜禾活到五百岁。但我保证不了，我只能保证不掐死他。

那天我跟博士说了真心话，虽然我旗帜鲜明地反对迷信，但再这么等下去，搞不好哪天我真的会投身去另一个阵营。封建迷信民间偏方怪力乱神效果暂且先放一边，至少人家给了我一个明确时间——按照他们的方法做，只要——七七四十九天。

我哥说他也不信那些怪力乱神的东西，但又说：

“如果目前的科学都束手无策，而且又无害，其实信信也无妨。”

他还说：

“喜禾是你的儿子，但不仅是你儿子，他也是爷爷奶奶的孙子，你不信、不去做那些，你认为是对喜禾好，但他们那么去做其实也是认为那样对喜禾好，都是对他好。”

他接着又语重心长地补充了一句：

“爷爷奶奶有权利去做他们认为对他好的事情，那是老人的一份心意，他们用这种方式爱他们的孙子。”

春节后回北京时，还有几个煨鸡蛋没吃完，我都带走了。回北京后也没有给儿子吃——不是反对迷信抵制煨鸡蛋，熟鸡蛋放了那么多天，从健康的角度来看是不能再吃的。有一天半夜，我下棋下得饥肠辘辘，翻遍冰箱能吃的只有冰块，我一股脑把那几个煨鸡蛋全吞下了肚。别说，那几个煨鸡蛋还真有神力，吃了后我一盘都没再输。

战无不胜的煨鸡蛋万岁！

《好多南瓜——两个以上就可以叫作好多，所以是“好多南瓜”》 七岁

30

火车、火车、火车……

有一阵，儿子每晚入睡前都会念叨：“火车、火车、火车、火车、火车、火车……”一会儿没声响了，我以为他睡着了，正要给他盖被，他却翻了个身，又开始“火车、火车、火车、火车、火车、火车……火车、火车、火车、火车、火车、火车”了。那一刹那，我分明感受到房间在震动，好像一列火车真的正从我家客厅穿过。半夜我睡得正香，又被“火车”吵醒了，睁眼一看，我儿子跪在床上，面朝东方，状甚虔诚，嘴里喊着：

“火车、火车、火车、火车、火车、火车……火车、火车、火车、火车、火车、火车……火车、火车、火车、火车、火车、火车……”

春运早过了，还这么一秒一趟地发车，你们铁道部还让不让老百姓活了？不行，我得把轨道给撬了。三下五除二，我一把就把喜禾揽进了被窝，眼看又一辆火车正要从他嘴里开出，我眼疾手快，一把封住他的嘴，威胁道：

“你再火车一句，我把你们铁道部都给炸了。”

也不知道是不是真的听懂了，反正他有一阵没动静了——不会是把他捂死了吧？我当时窃喜了一下。被子一掀，他正对我笑呢。我说："睡觉，儿子，今晚火车先开到这儿，明天起来你再开。"你说他这么废寝忘食地开火车，铁道部到底给了他什么许诺？

他乖乖地躺在那里，我也困了——刚才是强打精神，看他那样子一会儿就会睡着，我一倒头又睡着了。

我睡得迷迷糊糊，又听到动静——这次不是火车，不是！火车造不出这么大的响儿，一睁眼，这小子正挥舞着双手在床上跑着，嘴里在喊：

"飞机！呜——"

我崩溃了。那一刻我想到了二战时期的伦敦大轰炸，想到了苏联红军轰炸柏林，想到冰箱里打包回来的肥肠煲仔饭。

飞机继续在我们卧室里低空盘旋，时而一个俯冲，时而又直线拉升，时而一连串的高难度翻滚——真后悔那天没买下爱国者导弹，当时买还返券呢。我急了，上去就是抱腿，把他摔了个结结实实。我说：

"你以为你真是飞机？跟我装什么飞机，要装也装得像一点，飞机要是像你这样舱门敞开，早就掉下去了。"——当时他的小睡衣扣子松了，敞着怀，"给我老老实实睡觉，从这一刻开始，我们家实行空中管制，没有上级领导的签字谁都别想起飞。"

他总认为自己不是火车就是飞机，这都没问题，小孩就需要有这种想象力，但他就不能认为自己是他爸爸的儿子一次吗？跟扮演飞机、火车相比，扮演儿子更容易，不需要模拟火车呜呜叫，不需要伸展双手做起飞状，就一句台词"爸爸"。——或者他就是觉得扮演儿子展现不出他的表演才华，所以宁肯演火车、飞机。人各有志，不勉强。

很长一段时间，从我儿子嘴里迸出来的全是交通工具，“火车”“公共汽车”“飞机”……迸得最多的还是火车。——他这是要逃跑吗？可是，他又能逃到哪里去呢，到处都是我们的人。那个每天在小区捡垃圾的老头儿不是真的捡垃圾，他是我们的暗哨；那个送快递的也不是真的送快递，那个保安就更不用说了。别一意孤行，小朋友，哪天老子不高兴了，一个弹道导弹就把你击毁。

那一阵他管我也叫“火车”，每次回家，他看到我就是一句：

“火车。”

我迎合他：“火车。”

他回敬我：“火车。”

我还礼：“火车。”

妻子说：“两个疯子。”

他又说了一句：“火车。”一掉头，“火车”驶向厨房。

我也说：“火车。”准备尾随进厨房。

妻子说：“站住，换鞋。”

太多的东西能让他联想到火车。

两根筷子连在一起，他说：“火车。”

使劲拽电话线，他说：“火车。”

掰断我的眼镜腿，他说：“火车。”

我很心疼，我说：“滚蛋！”

拉着我的手去看识图卡，他说：“火车。”

那其实是长颈鹿的细长脖子，他说：“火车。”

新闻里北京大堵车汽车首尾相连，他说：“火车。”

他又趴着睡着了，我想帮他翻个身，手刚碰到他，睡梦中他笑了一下，说：“火车。”

听到他在睡梦中说的还是火车，我突然有一种置身火车站站台的伤感，我最亲爱的人即将远走他乡，再见面不知是何时。

八月逝去　山峦清晰
河水平滑起伏
此刻才见天空
天空高过往日

有时我想过
八月之杯中安坐真正的诗人
仰视来去不定的云朵
也许我一辈子也不会将你看清

一只空杯子　装满了我撕碎的诗行
一只空杯子　——可曾听见我的喊叫？！
一只空杯子内的父亲啊
内心的鞭子将我们绑在一起抽打

——海子《八月之杯》

31

幽默授权许可证

跟几个朋友吃饭，席间又聊到喜禾，我说等喜禾再大点，我开车带他沿着国境线跑一圈。有个朋友插话说，为什么非得去国境线？我说那是因为国境线上的士兵有枪吧——“再过来开枪啦！”“有本事你开……你倒是开呀！”“乒！”……我独自驾车回来了。

大家都乐了。饭后有个女孩把我堵在地下车库，连珠炮似的抛来一串问题：“你觉得你很幽默吗？”“你是不是觉得你的笑话很好笑？”“这么开你儿子的玩笑你不觉得残忍吗？”“你是不是脑子有病？”……

这几个问题我不是第一次听到，隔三岔五就有人这么问我，我还从没正面回答过，今天反正饭也吃了，她那么正义而且美丽，我就都答了吧。

“你是不是问我脑子有病了？”我说，“我先回答你这个。”

“不用了。”她说，“我已经知道答案了。”

说完她扭头而去，只听到她的高跟鞋撞击地面的声响是越来越弱，越来越弱……又越来越强，越来越强。

“怎么又回来了？”我问，“还有问题想问？”

“嗯，”她迟疑了一会儿，最后鼓足勇气，“出口到底在哪边？”

吃饭的人中她不是唯一一个觉得我的玩笑残忍的。上厕所时有个朋友就对我说：“老蔡，我算是你的老相识了，而且自认为很了解你说话的风格，但这次我都觉得你残忍。”他又说：“不过我喜欢，加油。”物以类聚，人以群分，我身边的这些朋友都跟我差不多，假使喜禾是他们的儿子，指不定他们多过分呢。

我开玩笑大多数时候不是为了讨谁喜欢，嘴长在我身上，我想说就说了。有时候，很多问题不开玩笑你就没办法回答。比方一次有人问：

“你是在儿子自闭症后才变得这么幽默的吗？”

你说我怎么回答？你让我怎么回答？“不好意思，你可能真不了解我，我之前就是很幽默的一个人，不信你问他们。”然后列了一张名单给他，上面有人名、电话、家庭住址……用得着吗？！所以换了个方式回答：“是的，那天在医院我除了拿到一张自闭症诊断结果，同时还领了一份‘幽默授权许可证’。”

就算玩笑开过分了，我儿子都没生气呢，你生哪门子的气。我还真希望我儿子因我总开他的玩笑而生气，这样他会变着法开我的玩笑，回击我，实在回击不了，就考个外地大学躲起来。

我妻子也喜欢拿儿子开玩笑。

一次我们一家跟几个朋友去烧烤，位置没选好，旁边就是一个湖。只要是水，我儿子就想下去游泳，不管是臭水沟还是下水道，站在悬崖峭壁上他都能纵身一跃。我儿子想去玩水，稍不注意他就朝湖跑了过去，每次还没到水边就被他妈妈提溜回来，但刚放下他又去……为此，我妻子少吃了很多羊肉串。羊肉串烤得差不多了，马上就能吃，我儿子跑向湖边，妻子追了过去，等妻子把儿子提回来，羊肉串已经吃完了，只能等下一轮。下一轮烤得差不多了，我儿子又去湖边了，等妻子回来，羊肉串只剩下了竹签——这次人也没选对，来了几个身高体壮特能吃还自私的主儿。有个女孩看不下去了："老蔡你也帮帮你老婆。"一个胖子抢先替我回答了："他一直在帮——帮她吃。"

又一轮羊肉串即将烤好，儿子又朝湖跑了过去，想到这轮羊肉串又没她的份了，妻子悲愤交加：

"老蔡，你儿子这是要去自杀吗？"又说，"那就从了他吧，这回谁都别管。"

…………

我妻子开过的玩笑中，我最欣赏这一个。妻子是偶尔来一句，不像我，拿儿子开玩笑成了职业。

每次有人说我玩笑开得过分，我就拿嘴长在我身上，儿子也是我的，我想怎么说就怎么说来回击，其实自己还是很心虚的。我有时也扪心自问："我爱我儿子吗？我真的爱我儿子吗？跟下军棋比呢？"

我想跟儿子说，爸爸虽然拿你开了很多玩笑，但爸爸还是爱你的——这不是玩笑；如果在你和玩笑中只能二选一，我选玩笑——这次是玩笑。爸爸是拿你开了很多玩笑，有的甚至还很过分、很残忍，但再过分再残忍都不及你，不及你的万分之一——你扮演一个自闭症儿童，到现在还在演。

小子，你还真沉得住气！

32

大河最终将流向大海

周末天气好，小朋友就集中到了小区花园，喜禾还小的时候，我倒是常带他去，他那时跟同龄小朋友的差距并不明显，我都被蒙在鼓里。花园有很多设施是专门给小孩使用的，看到别的孩子爬上爬下，玩得不亦乐乎，我也鼓励喜禾去玩，但他没兴趣，他更喜欢站在公路边看汽车。据说全世界平均每两秒就会有一起交通事故发生，有段时间我跟喜禾每天在公路边一站就是一两个小时，一直都没看到过，所以我觉得这个数据并不怎么可信。

有一次喜禾发现了马路中央的一条小狗，喜禾连连叫着“小狗”“小狗”。那条小狗本来是想穿过马路去对面的，结果被困在了路中央，进退失据。没有哪辆车会为它停几分钟等它过去，不值得。很快它就会被碾成肉泥，然后再来一场雨，马路上又干干净净了。到晚上，主人发现它还没回来就会在门口喊几声它的名字，它不是什么好品种，名字也好听不起来，“牛牛”或“乐乐”这类的吧。喜禾还小，关于这条小狗的故事他还不懂，以后再跟他说。

路过花园，经常会看到追逐嬉闹的小朋友，有时三四个，有时五六个，甚至更多，不管人多还是人少，其中都没有我的儿子喜禾。别的小朋友在追逐嬉闹的时候，他在家里开冰箱门找吃的；别的小朋友在过家家的时候，他在抽屉中找到了吃的；别的小朋友在吃的时候，这次同步了，他也在吃。

喜禾不喜欢花园，但我家的小狗喜欢——在那里总能找到小孩抛弃或不小心掉下的食物。有一次小狗发现了半截火腿肠，火腿肠丢在那里有段时间了，上面爬了厚厚一层蚂蚁，小狗嘴上也沾满了蚂蚁。次日早晨就听到妻子尖叫："老蔡，家里发现一只蚂蚁……不是一只，两只……妈呀，怎么这么多！"她一生会有很多困惑，其中一个就是家里的蚂蚁是怎么来的。

我也喜欢去那里——我可不是冲着半截火腿肠什么的，我更喜欢在那儿添我家的狗粮。花园属于全体小区居民，就是说也有我的一份，虽然我很少用我的那部分，但我也要常去看看，这次又是谁家的孩子用了我那部分连一个招呼都没打，这次又是谁家的孩子在属于我的那部分欢乐啊。有一次是两个小男孩，他们坐在我的那部分比谁的爸爸最厉害，一个说他爸爸会开汽车，连飞机都会开，他爸爸最厉害；另一个不服气，说他爸爸会修冰箱修洗衣机修电视机修电脑，说了一大堆电器，然后说他爸爸最厉害！那个爸爸会开飞机的小孩显然被这一大串电器唬住了，生气地走了。一个修电器的充其量能厉害到哪儿去，我真想去跟那个孩子说，你爸爸是开飞机的，谁不知道开飞机的能挣钱还有社会地位，你爸爸才厉害呢。

看到他们在比谁的爸爸最厉害时，我就在想，如果其中一个是喜禾，他会怎么吹我？喜禾说：

“我爸爸最厉害了，他会做饭会洗衣服会换电灯泡会换自行车轮胎会写文章会下军棋会修椅子会打扑克还会说一点普通话……”

别，儿子，别太实在，打住吧，你这么说你爸爸真还厉害不起来。儿子，这个社会你不懂，越是什么都会的人就越不厉害，越是什么活都干的人越没地位，知道吗？哪个皇帝会自己做饭洗衣服？哪个省长会自己换电灯泡修椅子？越厉害的人什么都不会，什么都不干。儿子，你真要想吹你爸爸厉害，爸爸教你一招，他不是说他爸爸会开汽车会开飞机吗？你就问他一句，你爸爸想要多少钱一个月，说吧，我爸爸请了。他不是说他爸爸最厉害会修冰箱修洗衣机修电视机还会修电脑吗？还是那句话，问他，你爸爸想要多少钱一个月，我爸爸也请了。……全世界都是给你爸爸打工的人，这样的爸爸才最厉害。

所幸，我儿子不会跟小朋友比爸爸，他连爸爸是什么都不知道。

还有一次，花园里出现一只马蜂，连蜇了好几个小孩，一片鬼哭狼嚎。我当时又庆幸了一下——还好我儿子对花园没兴趣，避免了无妄之灾。但刚庆幸完又很失落——我儿子连跟他们一起被马蜂蜇的机会都没有。他应该跟小朋友在一起，而不是天天黏着爸爸妈妈。现代的育儿理念是爸爸妈妈做孩子的朋友，但爸爸妈妈这个朋友再好，充其量也只是一个山寨朋友，有一些欢乐、痛苦、忧伤、欣喜在你的人生里必须有，而那些，爸爸妈妈是给不了你的，只有你的同伴能给你。

人河最终将流向大海。儿子，你终究要回到同龄人的队伍中去，听爸爸一句话——晚去不如早去。但现在别去，拉完屎再说。

电话打给谁

喜禾一直就不喜欢电话，他也不需要电话，他来到这个地球上到今天，还没交到一个人类朋友。但有一天他拿着电话说了一个“喂”，见我过来神色慌张地挂了——他这是打给谁呢？他这么快就恋爱了？女孩我见过吗，漂亮吗？他不会只是喜欢她的圆形耳环吧？……当时我脑子里一堆问号。

我首先想到的是白雪公主。三个月前的一天，我开车送他去机构，他跟平时一样坐在后排，突然他叫出了一个女孩的名字：“白雪公主。”是他最近新认识的网友？当时听他一说“白雪公主”，我就开始担忧了，网上的人都很坏，“白雪公主”可能是一个五大三粗的大老爷们儿；“轻盈的羽毛”可能是一个离了拐杖就走不动路的糟老头子；“寂寞的女孩”倒真可能是个女孩，但跟她聊天会从你手机里扣费。我 QQ 的名字叫过一阵王小燕，那段时间要跟我认识想跟我做朋友的男人相当于欧洲某个国家的人口，一次有个像是大老板的男子，主动提出送我一辆宝马 MINI。

或许，真的就是住在森林里的那个白雪公主。森林里如今也通了电，点上了电灯，白雪公主这时悲哀地发现，身边连个换电灯泡的人都找不到，那七个人就别提了，一个比一个矮。白雪公主叹了口气，说：

“在这个寂寞孤独冷的夜里，换电灯泡的男人哪，你究竟在何方？”

这时，白雪公主想到了喜禾。喜禾个子虽然也不高，但也要看跟谁比，那七个还真的没有他高。就是他了，白雪公主心想。

白雪公主看上了喜禾，对喜禾不一定是好事，白雪公主会不停地问：

“喜禾，喜禾，全世界最美丽的人是谁？”

“喜禾，喜禾，全世界谁最美丽？”

…………

女人就喜欢问这些，我妻子就总问：

“老蔡，我美吗？”

“老蔡，我腿粗吗？”

“老蔡，我屁股大吗？”

…………

上午才问过，下午又问，晚上还要问一次，真让人受不了，喜禾会更加受不了，况且，大多数时候喜禾是听不见的。白雪公主问了几次，看到喜禾没有回应，怒了：

“蔡喜禾，我跟你说话呢！”

“蔡喜禾，你听到没有？”

“蔡喜禾！”

…………

白雪公主很快就会变成暴雪公主，白色恐怖。可怜的喜禾。

神秘电话也有可能是打给小红帽的，喜禾经常念叨“小红帽、小红帽”……念叨的时候还很兴奋，看得出来他有多么喜欢小红帽，小红帽会不会也喜欢他呢？他打电话给小红帽是在计划什么秘密活动吗？小红帽邀请喜禾去她家做客了：“家里面只有我外婆，我外婆人最好了，她一定会很喜欢很喜欢你的。”

喜禾细皮嫩肉，喜欢他的人可多了，我知道的就有白骨精、蜘蛛精、黑山老妖、金角大王银角大王兄弟俩，还有牛魔王铁扇公主这对恩爱伉俪……小红帽如果真的要带喜禾去见外婆，最好事先跟我说一声，这样我就能给喜禾洗个澡，保证洗得干干净净，我还会给他身上刷点酱，撒上各种香料：胡椒、丁香、肉桂、大料、花椒、桂皮、陈皮、木香、山奈……小红帽的外婆见到喜禾一定会非常高兴，十分满意，说不定还会致电我，对我表示感激：

“蔡先生，你只有喜禾一个儿子吗？……哦，那真是太遗憾了，你们国家的计划生育政策到了该调整的时候了。”

电话是打给天线宝宝的吗？还是打给他们哪一个——丁丁、迪西、拉拉，还是小波？不会是丁丁，我可以肯定，丁丁总是拿着一个红色的小包包。“女里女气，”喜禾说，“太太太太太女里女气了。”男孩子就是要像男孩子，必须衣服经常是脏脏的，身上隔三岔五多出一个小伤口，大汗淋漓地一回到家就找水喝，喝的时候流在衣服上的一定要比喝进肚子里的多，衣服口袋里不是装了一只知了就是一块小石子，站着撒尿，为自己有小鸡鸡骄傲……最重要的——勇敢！男孩子一定要勇敢，喜禾不但这么认为，而且也是这么做的，摔倒了他从来不哭，连打针都不哭，医生说，这孩子是不是疼痛感弱？喜禾听了很生气：

“根本就不是你们说的，我就是很勇敢。”

是的，喜禾最勇敢了，跟爸爸一样勇敢——爸爸敢把喜禾生出来，这需要多大的勇气！

说不定电话是打给迪西的，喜禾最喜欢迪西了，因为迪西也不会走路，或者说，迪西走路就像是在跳舞，喜禾也是这样的；迪西总是刻意和其他人保持距离，喜禾也是这样的。我只能祝愿他真的是先打给迪西了，如果是先打给小波，那就完蛋了。“再来再来，”小波说，“再来，再来。”小波翻来覆去都是这一句，就会这一句话。一旦跟小波通上了电话就别想再放下。可怜的喜禾。

也许是打给托马斯小火车的，托马斯那容易受伤的小心灵今天又遭受了一次重创，艾米丽嘲笑他是“没用的小火车”，托马斯听了很受伤很受伤，很抑郁很抑郁，很消沉很消沉，想找个人倾诉：

“喜禾，我亲爱的朋友，今天我拉货的时候，开着开着，突然有了一个念头，我速度应该更快点，再快点，然后对着悬崖冲过去。”

听托马斯这么一说，喜禾惊呆了，喜禾说：“托马斯，我亲爱的朋友，听了你的想法后我一点也没觉得奇怪，你的想法跟我爸爸的想法是一样一样一样的。”

喜禾又说：

“有一次爸爸在高速公路上开车，爸爸说，他当时就一个念头，踩着油门不放松，继续踩，踩到底，对着隔离带冲过去。”

托马斯着急想知道结果：

“你爸爸成功了吗？”

喜禾斩钉截铁地说：

“没有！”

喜禾接着说：

“托马斯，我亲爱的朋友。后来爸爸说，就在他准备冲向隔离带的那一刻，他想起了很多人，有奶奶，有爷爷，有姥姥，有妈妈，还想到了我。”

喜禾又补充：

“托马斯，我亲爱的朋友。爸爸说，其实他当时想得最多的还是毛鸡蛋，死了他就再也吃不上毛鸡蛋了。”

喜禾想了想又说：

“托马斯，我亲爱的朋友。如果你还想对着悬崖冲过去，你也想想毛鸡蛋。”

托马斯不知道什么是毛鸡蛋，他问：

“喜禾，我亲爱的朋友。什么是毛鸡蛋啊？”

喜禾说：

“托马斯，我亲爱的朋友。我也不知道什么是毛鸡蛋。但我想，那一定是世界上最好吃的东西吧，就像……就像……”

喜禾绞尽脑汁，努力想让所有吃过的东西在脑海里再现一遍，但是很遗憾，他吃过的东西太多了，食物之外他吃过的就有一百零一种，其中包括小狗的毛，食物之外他尝试吃过的有两千零三种，其中包括风，食物之外他想吃的更多，总计八十九万六千一百零三种，其中包括某天凌晨四点二十一分的一颗彗星。后来他终于回忆起来一次吃香蕉的美好体验，他兴奋地说：

“托马斯，我亲爱的朋友。我想起来了——毛鸡蛋就像小狗身上的香蕉一样好吃……补充一下，它们的好吃程度是相等的……再补充一下，其实小狗身上的香蕉更好吃一点点，只是一点点……再补充一下，就像妈妈帮我剪下来的手指甲那么大一点点。”

托马斯肯定了喜禾的观点：

“喜禾，我亲爱的朋友。虽然我没有吃过毛鸡蛋，但我也认为毛鸡蛋是世界上最好吃的东西，就像小狗身上的香蕉一样好吃。”

喜禾喜出望外，以为找到了同道：

“托马斯，我亲爱的朋友。你也吃过小狗身上的香蕉吗？”

托马斯说：

“喜禾，我亲爱的朋友。很遗憾，我没有吃过小狗身上的香蕉，有机会我一定会尝试，我认为它会像毛鸡蛋一样好吃……喜禾，亲爱的朋友。谢谢你的毛鸡蛋，我想，我又重新热爱生活了。”

于是，托马斯又成了原来那个热情的、聪明的、懂礼貌的、胖总管最喜欢的小火车。但是，有一天，托马斯真的拉了一车厢的毛鸡蛋。“原来这就是毛鸡蛋！”托马斯觉得这是他有生以来受到的最大一次欺骗，他无比愤怒：

“世界上再也没有比毛鸡蛋更臭的东西了！”

那一刻，托马斯又有了冲向悬崖的念头。可怜的托马斯。

喜禾那个电话到底是打给谁的，我没再去追究，也没必要去追究。我有一个观点想跟家长朋友们分享：尊重孩子的隐私，给孩子一点空间吧。

《还没见过一只真的老鼠，但画过很多老鼠，很想见见真的老鼠》九岁

34

忧伤在哪里

儿子，你知道苹果香蕉杯子电视机，你知道飞机火车轮船搅拌车，这个世界你已经认识了九亿分之一，你已经很棒了，但还有一些东西，多少你也应该知道一点，但是爸爸不知道如何跟你介绍，比方说忧伤……

别着急去厨房翻冰箱，冰箱里没有忧伤，也不用拉抽屉，玩具柜里也没有忧伤。你是找不到忧伤的，它太狡猾了，躲在一个谁都不知道的地方。它没有颜色没有形状没有味道，你看不见闻不到摸不着，你想找的时候找不到，你不找的时候它突然就来了，比方说，今天。

今天送你去幼儿园，到了门口，妈妈说：

“喜禾，要说——爸爸再见。”

你听懂了，你说：

“爸爸再见。”

爸爸很高兴，爸爸说：

“喜禾再见。”

接着你说：

“喜禾再见。”

…………

你说完“喜禾再见”爸爸就笑了，爸爸笑完就忧伤了，忧伤来得是这么突然，没有一点铺垫、过渡，口哨都没打一个，就这么来了，打了爸爸一个措手不及。

你可能都记不得了，几个月前的一天早晨，爸爸带你下楼，正赶上环卫工人装垃圾，一粒葡萄从垃圾箱中掉了出来，滚进污水沟里。你捡起来就要往嘴里送，你动作太快了，爸爸发现时你已经塞进了嘴，爸爸掰开你的嘴，你已经咽了下去。这事本来也不算什么，你一贯这么调皮，但是旁边有个阿姨看到了，她问爸爸：

“他几岁了？”

她不是真的想知道你几岁，儿子，你太单纯了，她话里有话，你不懂但是爸爸懂，爸爸太懂了。她一问完，忧伤就来了，忧伤在阿姨的那句话里。虽然已经是春天了，但这个早晨真冷，真想把全世界的棉被都盖在自己身上。

你的小表妹只比你小八个月，小表妹用积木搭的房子真漂亮，还有一扇窗户，但是你走过去一把就把房子给推倒了。这几天你尽干一些惹小表妹不高兴的事。爸爸坐了八个小时的火车，原本是想给你一个和小表妹认识的机会，希望你们成为好玩伴，我知道你是喜欢小表妹的，你也很想跟她一起玩，但是不知道怎么跟她玩，所以你把小表妹的房子推倒了。小表妹说：

“我不喜欢喜禾，我讨厌他。”

随她怎么说吧，反正你是不会在意的，你心胸宽广是其一，主要还是你听不懂别人说的话。你还是玩你自己的，从屋这头跑到屋那头，就在你又一次跑过去的时候，我看到你的小表妹抬腿要踢你，腿抬得很高很高——她比你还小八个月呢。来了，忧伤来了，忧伤又来了，忧伤在你小表妹的腿上。

我们带你去餐厅吃饭，你打碎了一个勺子，你又打碎了一个杯子，你还把整碗饭都扣地上了……没关系，爸爸有钱，赔得起，只要你高兴。吃完饭刚出门，爸爸发现车钥匙忘拿了，又回去取，爸爸看到服务员正在打扫我们刚才坐过的座位——真脏真乱。每次带你去餐厅吃饭，我们桌子下面永远是餐厅里最狼藉的。有一次旁边一桌有一个和你一样大的小朋友，但是人家桌子下面干干净净的，爸爸当时心里想——那个家长吃饭时肯定把小孩手脚全捆了起来，要不然怎么可能这么干净！爸爸正走过去拿钥匙的时候，听到一个服务员对另一个服务员说：

“弄得这么脏，家长也不知道管管，就知道自己吃。”

爸爸真不想去取那把车钥匙了，因为忧伤又出现了，就在座位下。

爸爸妈妈带你去参加一个亲子班的活动，活动开始时，老师让小朋友一一上来介绍自己，叫什么，几岁了……从小朋友的自我介绍中，知道他们都跟你一样大，甚至还没你大。妈妈那时可紧张了，爸爸知道，妈妈害怕老师叫到你，让你上去介绍自己。你上台会怎么说呢？不，你都不会上台，你不知道要上台。老师说：

“下面请蔡喜禾同学介绍自己，蔡喜禾，你上来。”

你没听到，老师又在叫了：

“欢迎蔡喜禾同学上来。”

“蔡喜禾请上来。”

“蔡喜禾同学。”

“蔡喜禾！”

老师要是叫爸爸上去就好了，爸爸可会介绍自己了：

“大家好，我是蔡喜禾的爸爸，我叫蔡春猪，有时也叫蔡夏猪、蔡秋猪、蔡冬猪，春夏秋冬我都是猪……”

老师怕爸爸抢了别的小朋友的风头，不敢让爸爸上去，只敢叫你：

“蔡喜禾同学。”

“喜禾小朋友。”

“蔡喜禾。”

…………

爸爸以为给你取了世界上最好听的一个名字，你却不满意不接受不承认。

忧伤来了，忧伤这次粘在你的名字上。

你有自己的晾衣服的小衣架，你有比别的小朋友更多的小衣架——因为你每天要晾的衣服比别的小朋友多，你玩水龙头把衣服打湿了，你喝水把水浇自己身上了，你吃饭把衣服弄脏了，你尿裤子了……姥姥在数你到底有多少小衣架：

“三十四，三十五，三十六……”

忧伤在你的小衣架上晾着呢。

你奶奶在听一个仙姑说你的未来，你的大哥哥大姐姐们在看电视，电视里有他们喜欢的汪涵，奶奶说：

“电视声音小一点。”

大哥哥大姐姐关心汪涵，关心汪涵的点点滴滴，喜欢的颜色爱吃的菜开的什么车……他们不关心奶奶说了什么，奶奶接着喊了几次，都不见电视声音小一点，奶奶走过去一把把电视电源拔了。

看到没有，那就是忧伤，在电源线上。

你爷爷说，我们一家尽做好事，只做好事。你爷爷还一一列举哪年哪月做过哪些好事——看到没有，那就是忧伤，它在爷爷的每一个故事里。

春节我们回北京的时候，你的大伯、二伯、大姑每人都要送你一个大红包，你有个大姐姐刚参加工作，也要送你一个大红包——看到没有，那就是忧伤，就在红包里。

有个叔叔生了个女儿，如果是以前，爸爸就会对叔叔说：

“说好了啊，以后你女儿就给喜禾做老婆。”

但是现在爸爸不会这么说了，爸爸说：

“你女儿一看就是个美人坯子，将来一定很多人追。”

看到没有，那就是忧伤，忧伤就在爸爸没说出口的玩笑里。

以后，如果我问：

“喜禾，这是什么？”

你回答不出来忧伤，你不认识忧伤，爸爸不会生气，爸爸会很高兴。

忧伤不是什么好东西，不知道也罢。

35

真棒

有一次在商场，我指着一个气球问喜禾是什么，喜禾说：“气球。”他说完我立即把他举得高高的，还不吝夸赞：“真棒！”这时旁边飘来一个幽幽的声音：

“这还棒呢，他有三岁了吧？！”

说话的是一位大妈，我粗略地观察了一下她，我的结论是——估计她在三岁的时候，不但认识气球，还知道气球和安全套的区别。

其实我很同意这位大妈的说法，一个三岁的孩子认识气球，这确实称不上棒。

三岁的时候他能背三十首唐诗，但有的孩子还能背出三百首呢——这还不能叫棒。

上了幼儿园他一次屎尿都没拉在身上——这还不能叫棒。

他上了重点小学——这还不能叫棒。

数学他考了个全班第三，只是第三——这还不能叫棒。

他不用家长接送自己去上学——这还不能叫棒。

他考上了重点中学——这还不能叫棒。

他参加奥林匹克物理竞赛但没取得名次——这还不能叫棒。

他考上了北大但不是最理想的专业——这还不能叫棒。

他考上研究生了但学校不怎么样——这还不能叫棒。

他毕业后有了工作但没进去中石油——这还不能叫棒。

他女友很漂亮但女方家里是农村的——这还不能叫棒。

他婚姻很稳定但没孩子——这还不能叫棒。

后来，他生了一个孩子——谁不会生孩子啊，这也不能叫棒。

…………

到底做了什么才能叫棒呢？我的观点是：当他什么都不会做且做不了的时候，才会觉得棒。比方现在，我觉得我儿子就很棒，什么都棒。

给他穿鞋子时知道配合地伸下脚了——真棒！

给他一块饼干时他先说了一句“我要”——真棒！

去“海底世界”，他对鱼有了好奇心——真棒！

裤子掉了他知道提，虽然没提上，但有这个意识了——真棒！

他能坐在小马桶上拉屎了——真棒！

他看了我一眼——真棒！

他又看了我一眼——太棒了！

那天他真的叫了一声“妈妈”——真棒！

幼儿园的老师说他也能安静地坐两分钟了——真棒！

他好像会跳了——真棒！

抱着他的时候，他会搂我们的脖子了——真棒！

不牵他手他能跟在我们屁股后面走段路了——真棒！

他拿着一包饼干，我说去找你妈妈让她帮你打开，他真的听懂了而且过去了——真棒！

…………

我的要求只会越来越简单，简单到也许哪天看到他还在呼吸，我也会觉得很棒。有个家长听到我的说法，不只认同，还非常羡慕——她儿子还戴着呼吸机。

《我》 八岁

36

一个非常时期

“这是什么？”

“烟。”

我教过儿子很多东西，有的他记住了会说了，有的不会，但“烟”我从来没教过。有一天他又把我的烟一根根地从中间折断，打扫时我顺便问了他一句这是什么，结果他说出来了：“烟。”我是着急让儿子认识我们生活的这个世界，但有几样，他一辈子都不知道的好，比如烟、毒品、赌博……

我曾经戒过五年的烟，后来又捡了起来。一次有人问我：“你又开始抽烟了，是因为你儿子破的戒吗？”我重新抽上烟跟儿子屁关系都没有——除非想毒死他，当初戒烟跟他也没关系，就是因为感冒了一天没抽，觉得很好玩，我就想，可不可以再坚持一天？坚持了一天后又想，可不可以再坚持一天……一天一天地坚持，神不知鬼不觉居然一年都没抽了，很有成就感，然后我就对“一天不抽烟”的游戏上瘾了，一玩就是五年。两年前，突然觉得这个游戏好幼稚，好无聊，又拿起了烟。但是那天别人问我是不是因为儿子的事重新抽上的，我却撒了谎，我说：

“是。”

这是因为我心虚吧，拿儿子开了不少玩笑，有的玩笑还很过分，很多人都以为我没心没肺。我重新抽上了烟，说明我跟大家一样，还是有正常情感的人，知道难过，还知道用抽烟来缓解难过。但用抽烟表现苦闷、难过太露骨，主要还是被我们的影视剧用滥了，我希望特立独行一点，所以，我难过的时候，只想在网上打升级，连续打个几天几夜。

我这人忒热情，打牌之前会先跟大家打个招呼：“晚上好，三位杂种！”深夜还在网上打牌的人素质真的不怎么样，你看我多热情，他们反过来骂我，全是脏话，别提有多难听，后来再玩牌我就不敢打招呼了。有一次玩牌，对家跟我配合很默契——打升级的人都知道，遇到一个好对家多么可贵，我太高兴了，忍不住问了一句：“朋友，你另一个爸爸是做什么的？”他暴跳如雷，当即开始骂脏话，弄得我很下不来台。我不想跟这么没修养的人玩了，结果他不干，我去哪儿他跟哪儿，还叫上好几个人来刷我屏，侮辱我，很扫兴。人生经验总结：不熟的话，千万别问人家另一个爸爸是做什么的。

我升级打得好，现在我的分数是九百八十多分，最高时有一千二百多，因为我牌不好就断线逃跑，逃跑是要扣分的，所以分数老上不去。有些怪人打牌时还设置了逃跑率的限制，我能选择的牌友就越来越少，好不容易碰到愿意一起玩的，他们一看我的逃跑率就不玩了，我想问他另一个爸爸是做什么的机会都没有。人生经验总结：人生就是机会，你抓住了，你就上去了。

不打牌，心情不好时，我的另一种排遣方式就是散步，尤其喜欢半夜散步。有段时间整晚都睡不着，半夜披件衣服就出门了，半夜散步不能走太快——尤其保安用手电筒在后面照你的时候，有一次因为走得快，前后几个手电筒将我包围，最后把他们带到楼道口，我按了密码，又用钥匙打开家门，他们才相信我不是小偷。人生经验总结：路上有惊慌。

一次半夜散步，从一个窗户传出来一个男人歇斯底里的咆哮：“我×××……”我凑近听，又听到了一个女人的哭声，哭声不是很大，接着就是砸东西的声音，一连串，估计没少砸，不知道是男的在砸还是女的在砸，还是两人比赛着砸。又看到保安了，这次我没有快走，而是邀请保安跟我一起听。家家有本难念的经，人人都有无法启齿的忧伤。

我经常是无目的地瞎走，有时走着走着就听到麻雀叽叽喳喳在叫，天亮了，这才回家。有一次走了很久，我觉得肚子空了，就想在早点摊上吃碗热乎东西再回家。一个小吃摊刚出摊，我去时老板正准备生火，我问有吃的吗，老板头都没抬地说没有，又说想吃就等。我找了把椅子坐下，看他架灶生火、烧水擀面……老板第一次遇到我这样的顾客吧，能在寒冷的早晨等一个小时，就为了吃一碗馄饨，不知道他是出于感动还是恐惧，最后坚决不收我的钱——八成是被我吓着了。人生经验总结之：天下没有免费的午餐，但早餐不一定。

吃完早餐时，路上多了很多赶去上班的人，我观察他们，发现好些人困得眼睛都睁不开，还连打着哈欠，我那时也很困了，不同的是，他们困是因为刚起床，我困是因为还没睡。逆着上班的人流回家去睡觉，这种体验很美妙。

那是一个非常时期，很高兴，我已经走了出来，生活又回到了常态。

37

欢迎来地球

“自闭症的人就像被困在机器人里的灵魂，他们的一生都无法逃脱，在各自的星球独自生活，但无论多么不同，他们都需要被世界理解、尊重。也许，他们只是需要一个好导游，理解他们的星球，也能帮助他们认识地球，或许我们每个人都可以尝试做那个导游！……”

这段话是国外一个记者说的，虽然我觉得这段话偏煽情了点，但很认同他的观点：尝试做他们的导游，带领他们认识地球。他们不一定是好游客——把他们拉到商店他们可能连一毛钱的东西都不买，但是，我们可以做一个好导游，尽量做到心平气和：

“先生，我们导游是没有工资的，如果你们什么都不买，拿不到提成我们等于白干了。”

现在带领他们认识我们的地球：

地球表面是由陆地、海洋和垃圾组成的，其中海洋的面积大，占到地球表面的百分之七十一，这个数据截至前天那场暴雨，估计现在略有出入。

地球是圆的，理论上你向正前方一直走，最后你会回到原地，但是你可能赶不上晚饭了。

地球分为四大洋和七大洲。四大洋分别是：太平洋、大西洋、印度洋、北冰洋——其中能喝的只有“北冰洋”。七大洲分别是：亚洲、欧洲、北美洲、南美洲、非洲、大洋洲、南极洲。但是有一个问题困扰了地理学家很多年，亚洲为什么不是在非洲？北美洲为什么不是在欧洲？

地球上最大的湖泊是位于欧亚大陆之间的里海，比里海更大的是世界地图。

地球是怎么形成的，科学界也争论不休，有很多种说法，但主流的意见是：清洁工春节回家过年了。由于太空长时间没人打扫，灰尘越积越多，越堆越厚，最后堆成一个球。

地球已存活了四十六亿年，现在正在一天一天靠近太阳，大约再过七点五亿年，地球最终会坠入太阳……美国科学院院士 C. S. 杰米张发表在《自然》杂志上的科研论文提出一个观点：距地球坠入太阳还有七点二亿年时最适合烤地瓜，那时的温度不高不低，烤的地瓜外焦里嫩香甜可口。

地球并不是静止不动的，它一直在自转，但为什么大家都感觉不到它的运动呢？天文学界最新的观点是：那些人都被收买了。

从北半球看地球的自转是逆时针的，这个发现是在钟表发明之前。

地球为什么会自转？这个问题困扰了一代又一代的科学工作者。1983 年，挪威的科学家从一只小猫身上得到启发——小猫为了吃到自己的尾巴一直不停地旋转。现在全球顶尖的天文学家都在思考另一个问题——地球的尾巴在哪里?

20 世纪初天文学有一项重要发现：地球自转速度是不均匀的，有时慢有时快……天文学家在思考两个问题：一、为什么会出现地球自转忽快忽慢的现象？二、瑞典钟表还值得信赖吗？要不要换成日本的卡西欧电子表?

地球上各个国家之间存在着时间差异，以亚洲的中国和日本为例，中国时间比日本时间慢一个小时……就是说，同样是早晨九点到单位，中国人可以比日本人更从容，起床后有时间洗个澡，去小吃摊喝碗豆浆吃根油条。

地球上南极大陆的冰块正在逐年减少，传统的观点认为温室效应是主要原因，但最近英国科学家提出了一个截然不同的结论：南极冰块减少的原因在于全球生活方式的美国化。这位英国科学家发现，往可乐里面加冰块的人在逐年增多。

地球上的人口已经达到七十五亿，其中十四亿在中国，十三亿在印度，三亿在美国，一点二亿堵在车上。

地球上共有二百二十四个国家和地区，早先地球上是没有国家这个概念的，后来有人发明了护照，为了让护照的功能得到发挥，于是有了国家。

地球上的野生动物集中分布在非洲、南美热带雨林以及中国广东的餐馆。

迄今为止，还不能准确地知道地球上究竟有多少种野生动物，有的动物学家认为是三万种，有的认为至少有七亿七千万种。但有人调查过广东的餐馆后，得到了一个相对可信的数据：全球的野生动物是两千三百二十种，其中国家二级保护动物一百三十种。

地球上发生过几次严重的物种大灭绝，一次是在二点五亿年之前的二叠纪末，有百分之五十的物种灭绝；另一次是在六千五百万年前的白垩纪。很多人都在想，下次物种大灭绝什么时候发生？这要看广东的饮食习惯能否成功推广到全球。

地球上的物种并非只减不增，也有新的物种诞生，最近科学家在中国发现了——90 后。

地球上的核武器足够毁灭地球三次。前提是——如果他们还能找到站着扔核武器的一小块地方。

地球上科学家们已经命名并且分类了一百三十万个物种，但有人发现红烧狮子头和四喜丸子其实是一个菜……这一百三十万个物种中有多少是重复命名的？这个问题就像头顶的乌云一样一直困扰着分类学家们。

2012 年世界末日就会来到，地球行将毁灭……但世界末日并没有来，现在已经有人在研究追讨“违约金”的问题了。

《因为被人认出是熊猫于是很高兴很开心的两只熊猫》 七岁

38

你是爸爸妈妈的伤口

一天早晨，儿子看着我腿上的一处伤疤说：“伤口。”

我儿子掌握的词汇很有限，就那么几个，还经常忘了说，但他知道那是“伤口”，还主动说了出来，说明他心里有爸爸了，知道关心了，心疼了。……看，我也能编造出这么温情的故事来。可以自欺欺人，但不能总自欺欺人，这是我的观点，他看到我的伤口还说了出来，跟感情一毛钱关系都没有，“伤口”跟他所认识的其他东西如“杯子”“苹果”“圆形”“安全通道”等没区别。如果一定要说有什么区别：别的东西他可以动可以摸，但伤口不行——他再揭又会流血，然后几天都好不了。所以我一把拨开他的手，厉声道：“少对我动手动脚，放规矩点。”

几天前我摔了一跤，膝盖处磨破了一块皮，刚结疤。我儿子每天都比我们醒得早，我还在睡梦中呢，隐隐约约就觉得有人在动我，睁眼一看，儿子正在揭我腿上的伤疤呢。我当时睡意正浓，没理会，翻了个身继续睡去，一会儿发现他的手又摸了上来……他就喜欢这么干，这已不是第一次了。

春节在老家，烤火时，妻子羽绒衣的袖子被火炉烫出了两个洞，暂时找了块透明胶一贴应急。第二天我们一家飞北京，但得先坐大巴车到长沙。大巴颠簸得厉害，我们很快睡着了，迷迷糊糊我总觉得脸部瘙痒难耐，手不时扫几下，一会儿听到一个小孩说："下雪了。"羽绒衣上的透明胶不知什么时候被我儿子扯了下来，他正一把一把地往外揪羽绒呢。满车都是翩翩起舞的羽绒花，那么洁白无瑕，那么自由高贵，大巴改变了线路，徐徐驶向童话世界。

大巴中途停靠在一家小店，以便大家下车吃喝拉撒，我没心思，我得去找胶布。为了防止儿子再揪羽绒，妻子一直紧紧捂着裂口处，就像一个战士捂着中弹的胳膊。跑了几家店都没找到胶布，看到妻子那无助的眼神，我非常自责。一家饭店里一个小孩在做作业，文具盒里就有透明胶，我假装关心他的学业，偷偷把他的透明胶弄到了手。给羽绒衣重新粘胶布时，我安慰妻子："行了，别生气了，多想想开心的事吧，现在至少知道这件羽绒衣货真价实了，多好的羽绒。"羽绒衣是妻子在淘宝网上买的，拿到手后她总怀疑货不真。一路上我儿子还在打羽绒的主意，总想去揭透明胶，但都败在我们的高度戒备下。

儿子很早就知道"伤口"了。他手指曾经划破过一次，早就好利索了，但他时不时地会看一下自己的手，说："伤口。"那自怜自哀的语气，不知情的人听到了，还以为我们是他的后爸后妈，他在我们手上不知遭受了多少非人的虐待。天地良心，我们是这么爱他，别说虐待，屁股都没拍重过一次，用我妈的话说，"禾草都没打断过一根"。有时我也逗他说："伤口。"一听我说，他就赶紧去看手，然后又是哀怨地说一句："伤口。"

儿子发现了我腿上的伤疤，一直想去揭，他肯定是想到了年初大巴上揪羽绒的快乐。爸爸的腿里可没有羽绒！我不知道怎么去跟他说这个道理。就算我知道怎么去跟他说，他那么固执，能听进去吗？我只能躲，他手刚伸过来，我翻身；他手又追随过来，我把另一条腿搭上去……疲于应付。还是早晨六点呢，昨天晚上爸爸工作到很晚，本来希望今天能美美地睡个懒觉，你就体谅一下爸爸吧。

我实在困得不行，心想，揭就揭吧，只要你快乐，别说揭伤疤，你把老子的皮揭了都行。我又睡下了。

刚睡下，又赶紧起来——他把皮揭下来后吃了怎么办，还没刷牙呢。这么一想我就不能睡觉了。你不就是想揭爸爸的伤疤吗？爸爸不在乎了，揭我伤疤的人多了，几个月前有个人对我说：

"小蔡，如果要是认识你的人，知道你生了这么一个儿子，一定不会很奇怪！"

什么意思？我该有这么一个儿子？我只能生出这样的儿子？真是的！这个人跟我很熟，平时说话就喜欢开玩笑，嘻嘻哈哈惯了，但那一次，自我认识他以来，第一次看他那么认真、诚恳。前几天又有一个人对我说："我跟自闭症打交道也算是比较多，台湾也有一个家长跟你很像，很乐观很开朗很幽默，很有个性……为什么你们的儿子都是自闭症，这恐怕不是巧合吧？！"

不是巧合难道是必然啊！你不是跟自闭症打交道多吗？你总不该只认识我们两个家长吧，大部分的家长是怎么样的难道你不知道？我跟台湾那个家长才是例外呢，才是真正的巧合。你知道买彩票中一千万大奖的概率是多少吗？你知道喝凉水塞牙缝的概率是多少吗？你知道小行星撞击地球的概率又是多少吗？我知道，我跟那个台湾家长知道，因为，我们刚中了一千万，牙齿现在就被凉水塞着，正看着小行星飞向地球。

真是的！

我看着儿子揭开了我腿上的伤疤，他说：

“伤口。”

儿子，你会说伤口，但你未必懂什么是伤口，我告诉你伤口是什么——就是你！你就是！你是爸爸妈妈的伤口；你们是全人类的伤口，想到这一点我就忧心忡忡——去哪儿弄那么大的一块创可贴？

爸爸腿上的伤口，过几天自己就会愈合了，希望爸爸妈妈心上的伤口，很快也能愈合，越快越好，现在就开始倒数：九，八，七，六，五，四……

39

小狗的故事

我们每天都带他认识这个世界，哪怕只是在十字路口，只要是他看的，我都尽量做到不遗漏，“这是摩托车”“这是卡车”“这是红灯”“这是绿灯”“这是斑马线”“这是……一条被压扁的小狗”。

一条小狗躺在路中央，血肉模糊。它本来想穿过马路回家，或者，跟另一条小狗会合，上了公路就被困在了中央，进退失据。没有哪辆车会为它停几分钟等它穿过公路，它不值得。有个司机发现了它，急打方向，汽车擦着小狗过去了；又一个司机看到小狗，刹车、转向，差点就撞上了……不是所有的司机都能及时发现它，今天是周末，他说好带女儿去泡温泉，泡完温泉去吃比萨的，领导一个电话又把他叫了回去。路上他不但要在电话里跟领导解释那笔单的“流产”只是一个意外，他还得安慰哭泣的女儿，看到小狗时他正许诺女儿明天带她去吃肯德基。他已经来不及做出反应，汽车撞到小狗后又从它身上轧了过去，这时他感觉到颠了一下，只是颠了一下，强度还不及驶过小区门口的减速带，他本来想停车看看小狗的伤势，后面那辆车的喇叭又响了——之前已经不耐烦地催了多次，他从后视镜看到了一张焦虑、不耐烦的脸，一踩油门，他又向前开去，后面那辆车紧跟着从小狗身上轧了过去，司机也觉得颠了一下，等第四辆、第五辆车再从小狗身上轧过去，颠簸可以忽略不计了。这条小狗留给这个世界的最后一点印象，就是司机从它身上轧过去时感受到的那一点颠簸，微乎其微，而且连这点微乎其微的颠簸都没保持多久，很快它就被碾成肉泥，不用很久，甚至都不用一天，它就彻底消失在这个世界上了，没有证据能证明它曾经来过这个世界。

如果你足够细心，还是能发现些许证据：几根狗毛被血凝结在一起，夹在一处地面裂缝中，狗毛的颜色已经无从知道；公路边的下水道里还有个项圈，那个项圈自从套上了小狗的脖子就再没被取下来过，直到这次彻底取下，永远取下，要不是项圈上变了形的金属扣环钩住了井盖，就连这点证据都没有了。几天后的一场雨，连这点证据都会彻底消除，直到下一条小狗出现。

深夜，小狗的主人目送牌友远去，关上门，从裤兜掏出一团皱巴巴的钞票，清点今天的战果，赢了二十八块。虽然不算多，但他已经很高兴了，前半夜他还输着呢。要是再打一个小时说不定赢得更多，他想，继而又埋怨那个胖子太鸡贼了，手气不好就不打了。他把钱揣回裤兜准备去冰箱翻吃的，踩到了角落的狗盆，咣当一声响，这时他才想起来，已经很久没看到它了。叫了几声它的名字没回应——它不是什么好品种，名字会很普通，普通到一叫会同时跑过来几条小狗。假设它就叫“牛牛”吧，主人在屋子里喊了几声“牛牛”没有回应后打算出门找找，刚出门又回来——入秋后晚上冷了很多，他随便找了件衣服又出门了。

“牛牛！牛牛！”

他一路叫着小狗的名字，虽然披了件衣服但还是感觉到冷，他裹紧衣服继续往前走。

“牛牛！牛牛！”

喊声招来了一道手电光，手电光在他脸上晃了几下，他用手挡，但光线还是从手缝中射入眼睛。他骂骂咧咧地走向光源，打手电筒的人他经常看见，看见了有时也打招呼，但一直不知道对方的名字。“还没睡啊？”那人先说话了。“还没睡。”他也是这句话回应。“干吗去？”他问。“接我老婆，”那人说，“她夜班。”那人一说后他立即想起来对方确实有个老婆，还是个售票员，他刚从监狱出来那会儿每周去派出所报到时总坐她的车。“看到一条小狗了吗？”那人走远了他才想起来问，问完他就意识到白问了，对方怎么可能认识自己的小狗呢，但是对方还是回应了，太远了听不清，他含糊地“嗯啊”了一声表示听到，两人各朝前方走去。

没走几步他又转身往回走，天亮说不定它自己就回来了——他给自己找了个理由。往回走时看到电线杆上贴着一张治疗性病的广告，一撕就下来了，还是刚贴上去的，他一直不确定“湿疣”的“疣”字怎么念。“湿龙？湿尤？”……管它怎么念呢，他随手就把小广告撕了。小广告乘风飘了几下后挂在了一个垃圾桶上。

以后的日子，它和它的名字会越来越少被主人提及，有一天主人处理剩菜剩饭时看到剩骨头又想起它来。“可惜了一块好骨头。”主人说不出的惋惜，说不清是在惋惜骨头还是惋惜它。

我跟妻子说了小狗的故事，妻子说：

“你怎么可以跟儿子说这些？”

妻子觉得太残酷了。我也可以把小狗的故事编得很温情，相比温情，我更喜欢真实。我有义务让儿子知道，我们生活的这个世界，并不是那么美好，并不总是美好。虽然它不美好，但我们还得热爱这个世界，因为，我们没有别的地方可去。

40

我也是一个普通人嘛

跟儿子在一起，觉得自己就是一个解说员，他是来访的外国元首，我负责给他讲解，这是什么，这又是什么。其实也不是什么难得一见的东西，电话、香蕉、冰箱、汽车、桌子、皮球、手表，一些普通得再普通不过的东西而已，但就算是这样，一件东西我还得讲数遍，讲了他还未必就懂。我说："这是电话。"他好像是明白了，抓起来就往嘴里放——连电话是干什么的都不知道，这是什么元首啊，他的国家又该多落后。但是我还不能嘲笑，毕竟他是一国之首，我说：

"尊敬的元首，电话还没熟，先吃个苹果垫垫肚子吧。"

每个人看见元首，都觉得他可爱。他们没错，但可爱不能是一个人的全部，成为一个丰富的人必须有很多面：聪明、任性、勇敢、冲动、大方、易怒、脆弱……光这些还不够，还必须拥有三张以上的信用卡。元首可爱之外的很多面鲜有人知道，除了我和我妻子，世界上最了解元首的人就是我们俩了，迄今为止，我们俩在元首身边服侍了三年。人的一生有多少个三年？答案是：二十六点六六六六个，前提是活够八十岁，出生日期没篡改。这三年时间，元首大大小小的秘密我掌握了近一百个之多——将来我若横遭不测，公安同志，你们首当怀疑元首。我透露元首的一个惊天大秘密——他也拉屎。

元首也拉屎的消息对很多人来说无疑是晴天霹雳，我少年时代，就以为班主任老师是不上厕所的，后来还一度怀疑过林青霞、关之琳、钟楚红、张艾嘉、巩俐，但唐僧确实不上厕所——因为他是虚构人物。《西游记》我少年时代看过很多遍，里面又吃饭又喝酒，就是没怎么提过上厕所，妖怪不上厕所可以理解——妖怪干出的事再荒唐也是合理的，因为他是妖怪，但唐僧不上厕所就有点说不过去。《西游记》里隐约提到唐僧上厕所是在第五十三回，唐僧误饮子母河的水拉肚子。少年时代看到《西游记》里没有任何人上厕所，当时就想——莫非因为还没有发明出来纸？

让大家接受元首也拉屎确实是一件很困难的事，尤其你正在吃饭。但元首确实拉屎，而且，一天一次，甚至一天数次。有一阵元首归他姥姥带，每天姥姥都要在电话里向我汇报：

“还没拉，但昨天晚上拉了一堆，屎很好，不软不硬，不干不稀，颜色很好看。”

“哎呀，今天拉的屎不好，有点干，我摸了一下，还有点硬，你说要不要换个牌子的奶粉试试？”

“刚拉完，很多，我还没收拾呢……你忙啥呢，吃了吗？”

…………

后来元首来到我们身边，近水楼台，我对他拉屎一事有了更多的了解，尤其是对规律的认识：该拉的时候不拉，不该拉的时候偏要拉；

天时地利人和的时候不拉，人仰马翻的时候使劲拉。后来看到有人这么评价元首：在一个不恰当的时间、一个不恰当的地点，拉了一泡不恰当的屎。

一次带元首去天安门，转了几次地铁，踩了他人几次脚说了数声对不起，还给一个老太太让了次座，终于来到了天安门。“北京的金山上光芒照四方，毛主席就是那金色的太阳，多么温暖，多么慈祥……”我脑子里循环放着这首歌。我还没来得及向元首介绍世界上最大的广场、伟大主席的画像，只看到元首小脸憋得通红、身体直挺，往他屁股一摸，鼓胀胀的、热乎乎的——最不希望他拉屎的时候他拉了。附近又没有厕所，出门还忘带湿纸巾，我们一顿手忙脚乱，当时天寒地冻，气温零下五摄氏度，元首那泡三十七点二摄氏度的屎是方圆二百米之内唯一散发热量的东西。元首，你啥都别想看到了，还是回家吧。

让元首拉完屎再出门，是我们夫妻的人生信念。有一次朋友请吃饭，出门前给元首把屎，半天都没把出，看样子是真没可拉的，这才放心出的门。到了餐桌上，还是一切正常，吃喝正酣，一回头，元首那张小脸复现通红，时如夕照，时如朝阳，时如天边那一抹彩虹，时如暴雨将至的前刻，我们知道元首又在憋屎，但我们不能声张更不能嚷，会影响大家吃饭——餐桌上有个女孩我最了解，她一旦知道喜禾在拉屎——不是看到，只要是听到“拉屎”二字，她前年吃的东西今天都会吐出来，实在没东西可吐她会临时再吃点。跟妻子的目光短暂交流后，我已然胸有成竹，我说：

“门口那几条热带鱼真漂亮，我们进来的时候喜禾趴在那里看了很久，看样子他很喜欢。”

妻子心领神会，说道：

“那你再带他去看看，既然他这么喜欢看鱼。”

我顺势而为，对大家说道：

“看他有点坐不住了，我先带他去看会儿鱼，各位慢用。”

…………

这次危机就算成功解除了，但并不是次次都这么圆满。一次，还是跟几个朋友去餐厅吃饭，元首又拉屎了，这次我和妻子谁都没注意到，邻桌有个女的鼻子特别灵，她闻到了，还大声嚷了出来：

“我闻到一股屎味。”

一听，我就知道怎么回事了，我们还没来得及想出对策，又听到那女的提出了一个建议：

“闻闻，你们都闻闻，是不是……”

一会儿，就听到另外有人说了：

“是，味还挺大。”

几个人陆续闻到的时候我也闻到了，一会儿，大家的目光都集中到了元首身上，在众人的注目礼中，我们带着元首雄赳赳气昂昂地走向厕所，走向那惆怅的未来。去往厕所的途中，元首从大家的目光中、神情里，读懂了肯定，得到了鼓舞，激发了士气，于是继往开来，更上一层楼，来了一次超水平发挥。

当初得知元首居然也拉屎，我跟大家一样，深感震惊，接着是不相信，然后是惶恐，惶恐之中还有一丝伤感——这么快就走下了神坛？这是偶像的黄昏！我想不通，不接受，后来，元首察觉出了我的心思，对我说：

“我也是一个普通人嘛。”

是的，元首也是一个普通人，吃喝拉撒作为人的本能他一个都不少，就跟你我一样，我怎么就没想到这点呢？不过现在想到了也不算晚，从明天开始，不，从现在、此刻、当下开始，在我眼里，他就是一个普通人，只是一个普通人，凡夫俗子，芸芸众生中的一员。

我爱你，元首。

《小鸭子小鸭子小小小鸭子》 七岁

41

你最近总出国啊

有一个阶段我儿子爱咬人，正逗着呢，他张嘴就是一口，在怀里一直好好的，突然对你肩胛骨就是一口，高兴了就是一口，不高兴了也是一口，要求得不到满足就是一口，要求他压根儿就没提也是一口，猝不及防、防不胜防。这都发生在他一岁半到两岁半的这段时间，以两岁到两岁半为烈，两岁半以后咬人的行为突然就消失了，就像当初来时一样突然。

喜禾最早是姥姥带，后来是妈妈带，一天如果有二十五个小时，那喜禾就在妈妈身边待二十五个小时，所以，他妈妈被咬的次数也最多。有一次他妈妈脱下衣服，身上遍布喜禾咬过的伤口，深的、浅的，新的、旧的，圆形的、椭圆形的——为什么一个方形的都没有，谁能解释？当时我对她说了一句话：

"你最近总出国啊？"

她愣住了，没听懂——显然又是一个失败的玩笑。妻子身上全都是牙咬的伤口，在我看来，她的身体就像一本盖满了戳的护照，在护照上盖戳的国家还很多：泰国、埃及、英国、美国、巴西、巴林、苏丹、菲律宾、新加坡、土耳其、安哥拉、马来西亚、澳大利亚、尼日利亚……以上这些国家中我有三个发现：一、第三世界国家居多；二、其中最美的国家是泰国——泰国位处妻子脖颈下，那位置俗称美人谷；三、百分之九十八的国家都位于南回归线以北，其中处于北纬三十三度上的国家就有四个——这不是巧合吧，谁能解释？看到妻子那样子，我心疼极了，我对妻子说：

“以后，咱只去发达国家，好不好？”

儿子咬人，我也不能幸免，虽然我早就加强了防备，但还是一次又一次地爹入儿口。他嘴张大着——这是表示想跟我们亲嘴，面对儿子的热情，我胆怯了，我犹豫了，昨日惨痛的一幕犹在眼前……

昨天，我带他出去，上楼梯，我说：“喜禾，亲一口。”听我说完，喜禾把小脸凑了过来，接着嘴张开，我把嘴凑了过去，嘴唇成功对接，维持了七秒，之后我准备结束这个动作，就在这一刻，我的下唇被他狠狠咬住了。当时有多疼，我不想说，诉苦不是我的风格，但是我可以跟你分享一些细腻的感受：我赤脚站在北极，还踩到了一根竖插着的针，在暖风机前我渐渐融化苏醒，我移动时发现两根脚指头留在了原地……所以，今天，他嘴又张大着，小脸凑过来时，我的内心正在发生一场激烈的枪战，“哒哒哒哒哒哒哒哒”“嗖嗖嗖嗖嗖嗖嗖”“乒乒乒乒乒乒乒乒”“轰”……最后，感情战胜了恐惧，“十八年之后我又是一条好汉”！我闭上眼，以就义的姿态，再次把嘴唇凑了过去。“五，四，三，二……该咬了吧？”我等着那最后一下，没有，真的没有！这次我儿子没咬我，只是亲了一下，单纯地亲了一下，我太高兴了，太兴奋了！“儿子，你真棒！”我又亲了一口——被咬住了，他以迅雷不及掩耳之势咬住了我的下唇——看过《动物世界》吗？响尾蛇是怎么捕获猎物的？我还想跟你分享一下感受：不好意思，我又去了一次北极……

那一阵，我跟妻子举案齐眉相敬如宾，每当喜禾要跟我们亲热时，妻子总是先想到我：

“儿子，爸爸很爱你，去亲爸爸。”

我也总想到妻子：

“儿子，妈妈带你很辛苦，去亲一下表示感谢。”

…………

那一阵，我们夫妻彼此取笑：

“老婆，你怎么又在吃香肠？”

“老蔡，香肠你怎么也不放微波炉热一下就吃上了？”

我们夫妻俩的嘴唇都肿胀着，近似香肠。嘴唇因为肿着，说话都不利索，有一次我对妻子说：

“你在说什么？听不清。”

“你说什么了，说清楚点。”

“听不清！”

…………

那段时间连抱他都畏之如虎，带他出门，他耍赖非得要我抱，说不定什么时候他对我脖子就是一口，抱着他就像抱着一颗随时会爆炸的炸弹，一路上我都在期待：应该是现在了吧！该咬了吧！怎么还没咬？还是咬过我已经麻木到没感觉了……有个经验跟大家分享一下——不是我去北极了——一件命中注定的事情，总会在你以为不会再来的时候到来——在我最放松的时候，他对准我的脖子就是一口。

白雪皑皑的北极大陆上，出现了一个赤脚男子……

看个电视都不安稳，我喜欢的 NBA 球星科比正在表演暴扣，接着我感觉大腿一阵酸痛，低头一看，我可爱的儿子还咬着我大腿没放呢。照此下去，很快我也会有一本护照，但我不要去那么多国家，我只想去泰国，翻开我的护照一看，盖的戳全是：泰国、泰国、泰国、泰国、泰国……一个泰国就去了那么多趟，我得多么喜欢这个国家。

被他咬了再疼都不能叫出来，忍着，装作若无其事——不能让他从我们的反应中发现乐子，从他人的痛苦中获得快乐是普遍人性，我儿子也不例外。虽然我希望儿子快乐，但我不想他通过这种形式——咬爸爸妈妈获得快乐，天下的人那么多，眼界应放宽点，别一天到晚只盯着爸爸妈妈。每次儿子一咬，我们都很淡定很从容，还很考验演技。最初我的表演可以用完败来形容。“这点小痛还受不了？”“表情用得着这么夸张吗？”“有那么痛吗？”妻子对我有诸多不满。“我这辈子是没希望拿到‘小金人’了。”我对自己的表演事业彻底丧失信心，一度心灰意冷。“好演员不是天生的。”这是俄国戏剧理论家斯坦尼斯拉夫斯基的名言，他接着还有一句补充，“这就是为什么世界上同时存在着整容行业。”我妻子是一个好演员，演出之余不忘指导我：“你以为我不痛，你以为我不想喊出来？知道我是怎么做到的吗？受不了的时候就掐自己，狠狠掐，掐到忘了他在咬你为止。”我妻子不但是个好演员，更是一个好老师，在妻子指导下，我的表演艺术有了质的飞跃。“你还真会演，演得还挺像，我都差点被骗了。”

有一天妻子表扬我，“我打电话问了，你根本就没去开会，根本就没有会，昨天晚上你到底跟谁在一起？”

机构的老师更会演戏，喜禾上课时突然就是一口——老师在表演一个没有知觉的人，喜禾接连咬了几口，老师还是没有任何反应，只是把他坐姿扶正，继续上课。那种不露痕迹那种轻描淡写那种镇定自若，高山仰止——特殊学校的老师很不容易，不但不能体罚学生，反过来还要受学生体罚，他们所做的一切很伟大，感谢他们。

有段时间我们把喜禾送去了幼儿园，我们真担心他把这个习惯也带过去，现在的孩子都是宝贝，咬谁一口都够我们喝一壶，那段时间我们提心吊胆，害怕幼儿园老师打电话。怕什么来什么，一天下午，我在咖啡馆写点东西，电话响了，妻子打来的。妻子说，幼儿园老师打来电话，喜禾咬人了。五雷轰顶，我顾不上收拾电脑，开车接了妻子直奔幼儿园。喜禾咬的是一个小女孩，不是很严重，但程度再轻，也是咬了。幼儿园老师说了事件经过，小女孩从喜禾身前走过，喜禾抓起她的手，来了一口……我们以喜禾的名义送了小女孩一个小礼物，算是道歉、算是安慰，但怎么做都减轻不了我们内心的罪过，然后，忐忑不安地等着小女孩的家长过来。

家长来了，家长很心疼——谁不心疼，后妈都有会心疼的。我跟妻子赔礼道歉，家长通情达理，不但没有追究，反倒宽慰我们……我不喜欢说煽情的话，但我还是要说：人间处处有真情。

喜禾在幼儿园咬人就这一次，总体来说，喜禾还是个与人为善讨人喜欢的好小孩。

自打喜禾有了咬人的习惯，我的朋友分成了两拨，被喜禾咬过的，以及被喜禾咬过多次的。如果没被喜禾咬过，咱俩的关系充其量也就吃吃喝喝了，朋友都谈不上。

好在，喜禾这个习惯很快就消失了，要不然，不用多久，我身边的人都会拥有一本护照，就显不出我的牛气来了。

42

世界上最美的烟花

大年三十晚上，家人在放烟花，我独自在屋内看着电视。“叔叔，出来看烟花！”侄儿在门外喊，我没理会，继续看电视。“叔叔，快出来啊！”一会儿侄女又来喊，我装作没听见，继续看。最后我妈来了，想说什么又没说出口，走了。去年过完春节没几天，我带儿子去了医院，半夜排队挂号时，冻脚，我活动身子时看到花丛里挂着一个红包，我明知里面不会有钱还是捡了起来——我心里还是带有一丝侥幸的，说不定就有奇迹呢！红包里面没钱，儿子也确实有问题，一切都如我所料。转眼又到春节，我实在提不起精神来，而且节日气氛愈热闹我内心愈惨淡。后来我还是去看烟花了，一个烟花腾空而起，接着在空中绽放，现在的烟花制作工艺真的进步神速。“火树银花”“美不胜收”“光彩夺目”……我小时学的成语都被激活了。“好看吗？”侄儿问我，我点点头。“你看过比这个更好看的烟花吗？”侄儿又问。别说，我还真的看到过，时间是三个月前的一个下午，地点是喜禾接受训练的机构。

喜禾两岁多点就被我们送去自闭症康复机构，被迫认识卡片上的事物、服从简单的指令，每天都如此，他才那么点大，本该在爸爸妈妈跟前撒娇的年龄，却开始了乏味的学习，看了很心疼，没一个家长愿意把孩子送到这种地方来，都是没办法。机构里大大小小的孩子二三十个，都跟喜禾一样，单纯可爱。诺贝尔和平奖应该授予这家机构，你看这几十个孩子在一起从来不会打架，脸都没红过一次，当然他们谁也不会看谁一眼。

这些孩子被送来机构学习，他们的能力有限，大部分的课程需要家长在一旁协助。有多少个孩子，就有多少个家长，家长男女老少都有，女家长居多，其中还有不少白发苍苍的老者，每个家长都紧紧地牵着自己孩子的手——这群孩子的共同点之一，就是身上都像有一个上紧了弦的发条，时刻准备着在你撒手的那一刻，立即跑开，一跑就是很远，有时马上能追回，有时要追好几天——天知道跑哪儿去了。有一次听到一个妈妈在哭诉："我就系了下鞋带……"妈妈系鞋带也就一分钟，但孩子能跑出去好几天——出门就上了一辆公交，又换了一辆公交……几天后派出所打电话过来："你们是不是丢了一个孩子？"

我喜欢看孩子们上课，尤其是集体课，一次户外进行的运动课，老师在前面喊着口令："一二一、一二一……"孩子们跟随在后——严格地说，是家长牵着、扯着或拖着孩子跟随在后，那么多孩子就看不到哪一个是踩在节奏点上的，老师喊着"一二一"，孩子们听到的可能是"四五六"，踏出的却是"七八九"，总之乱成一团，反倒是家长在老师的口令引领下，步伐齐整、神情专注、精神抖擞，我耳边仿佛听到了一个激昂的声音：

“他们迈着坚定的步伐正向主席台走来，他们有老有少，有男有女，有工人有农民，有退休干部也有下岗女工，他们有一个共同的名字——自闭症儿童家长。”

这支由家长和学生组成的队伍，在操场来回走着正步，我在旁边静静观察他们。走在第一个的是一个中年男子，这些家长中就数他的姿态最标准，他若穿上军装就是一个标准的军人，但是他的表情太严肃了，一直若有所思。他在想什么呢？他是想起了上一次走正步的时光吗？他看上去有四十岁了，估计他上一次走正步还是二十年前大学军训时，穿着绿军装的他一扫学生的稚气，英武挺拔，一周后他就成了教官最喜欢的学员，每次走正步，第一排第一个就是他。

有位妈妈已经体力不支了，但没有一点放弃的意思，牵着儿子的手一直跟在队伍后面，为了不掉队，不时要快走两步，她努力想给儿子做个好榜样。她的儿子不愿走正步，一直想挣脱，妈妈就牵着儿子的手，更紧更用力。但也太用力了，下课后看到她儿子一直在轻揉活动那只被牵的手的手腕。他也试图告诉过妈妈轻点吧，但他跟我儿子一样，不知道怎么去表达，只能忍受，只能事后轻揉手腕。

队伍中最不专心的当数那位穿红衣服的妈妈，虽然儿子都四岁了，但她看上去还是很年轻，一直心不在焉。队伍要经过一个井盖，井盖上有一个小孔，路过井盖时她试图把一块小石子踢进孔里，没踢进去，队伍折返回来再次路过井盖，她又在踢那块小石子入孔，这次差一点就成功了……不是第五次就是第六次，她终于把小石子踢进了小孔，但从她的脸上也看不出成功后的喜悦，看上去她什么都不想，一点心事都没有。她是不敢去想吧，避免去想吧，生怕一想就收不住，不该太早结婚，不该太早要孩子……最不该的是没听妈妈的话，没读个大学。读了大学就不会认识现在的丈夫，就不会有这个儿子，就不会来这里走正步了。想了很多之后，她最后觉得，还是什么都不想最好。

队伍中有位老人很醒目，看上去跟我父亲一样大，该有七十了吧。老人上了年纪腿脚不便，反应也不再灵敏，总是跟不上节奏踩不到点，他太希望跟大家步调一致了，所以一直在调整步伐，眼睛一直盯着前面那人的脚，前面的人迈左脚他也跟着迈左脚，但是他反应太慢，他左脚还没迈出前面那人已经在迈右脚了，这时他着急又迈右脚，他的两只脚像是分别由两个大脑控制，一直处在分裂矛盾的状态，各行其是，看上去就像是在跳舞。如果这是跳舞，那这舞也跳得太难看了，我在旁边多次差点笑出来……老人还有时间想点别的吗，比方他的老同事老朋友此时此刻都在干点什么？老王还在公园树荫下下象棋吗？还会像跟自己在时那样喜欢悔棋吗？他的对手也会像他那样宽容他悔棋吗？也不知道老刘的程式太极拳打得怎么样了，其实他打的根本就不是程式而是杨式，几次纠正他他还越来越来劲了，等孙子好了后回去打一次让他开开眼什么才是真正的程式……

我儿子还小，户外运动课暂时不用上，将来哪一天，我可能也会出现在走正步的队伍中，我不能保证姿态标准，但我能保证不会掉队。

每次看他们上课，我都会浮想联翩，都会有各种感受涌上心头，但印象最深、感触强烈的还是三个月前那个下午的运动课，那次是跑步比赛，人员变化不大，还是这群家长和孩子——机构总有孩子进进出出，但进来的不一定是新面孔——有时某个家长觉得自己的孩子训练得差不多可以去正常学校了，结果一个月都不到又回来了；有时某个家长觉得筋疲力尽、油尽灯枯需要回家调整调整——但还是以新面孔居多。家长各自牵着自己的孩子在起跑线上站成一排，就等老师一声令下。“开始！”老师说完开始，家长即刻松手，这时我没想到也从未看到过的一幕出现了——家长松手后，这些孩子犹如乱箭齐发，射向东南西北各个方向，也有个别忘了发射停在原地的，如果这些孩子有翅膀会钻地，天上地下估计都少不了。当时我的第一反应就是：

“哇，好漂亮的烟花！”

家长一松手孩子们四散开去那一瞬间，就是烟花绽放，操场上绽放了一个烟花，没有比这个更准确更贴切更形象的比喻了，跟真的烟花的区别在于：他们没有非节假日不能放的限制。

我现在还经常想起那个下午，想起发生在操场上的那一幕，我想跟别人说——我，看到过世界上最美的烟花。

Father loves

Xihe

喜禾的画

《三个永远在劳动的指针奴隶》七岁

尾声
那年夏天

那天一早老蔡就翻箱倒柜找透明胶。儿子出生后留在哈尔滨，交由岳父岳母带，现在两岁了，今天回北京。老蔡担心茶几桌椅的边角磕到儿子，打算用海绵包裹起来。妻子把透明胶在老蔡面前一扔说，现在开始表演父爱了。火车 9 点半到，现在是 7 点。老蔡说，来得及，只要不堵车。

真的堵在路上了。妻子说，让你早点出门的。早出门也一样，老蔡看着忘不到头的车龙说，该堵还是得堵。他总是这样，稀里糊涂的就认命了。

老蔡晚到了一个小时。岳父岳母带着孩子在站台等。妻子去抱儿子，岳母说，别抱，他拉屎了。儿子在火车上就拉了，火车到终点站还有很长一段距离，列车员就把厕所门锁上了，下火车后拖着行李不方便去找厕所。老蔡骂了一句，真他妈操蛋。

回家，一路上妻子都企图让儿子叫爸爸叫妈妈，徒劳无功。

到家后几分钟，老蔡拉着儿子下楼，去小区花园。老蔡每次经过小区花园，看到别的小朋友嬉笑玩耍，都会停下来看一会儿，想着儿子来了北京，他们俩在花园玩耍的场景。

今天周末，小区花园孩子多，但喜禾不喜欢花园，更不喜欢小朋友，一个小女孩过来示好，喜禾还想去咬人家。喜禾只喜欢公路。开始时从小区内隔着栏栅看公路，后来父子二人站在公路边。喜禾喜欢的是卡车，每次卡车过来就很兴奋。这条路通向国道，卡车不少。又一辆大卡车呼啸而来，老蔡快拉不住喜禾了，他手舞足蹈要朝卡车冲过去。

喜禾到北京的第三天就被送去了幼儿园，送去幼儿园时还带了好几身换洗衣服。衣服带太多了吧，老师的眼神很疑惑。妻子向老师解释，喜禾现在大小便还不会提示。老师反问，他不是三岁多了吗？

分别时，喜禾没有表现出一点不舍和难过，怎么叫都没反应，最后还是老师一把抓回来的。这不是一个第一次去幼儿园的孩子该有的反应，路上老蔡一直在嘀咕这事。妻子想的是别的，幼儿园老师那句反问，还有老师的眼神，妻子深受刺激。

三个小时后，幼儿园就来了电话，喜禾把一个小女孩咬了。

小女孩路过，喜禾毫无缘由地抓起她的手就是一口。等女孩家长来的这段时间，老师讲了喜禾在幼儿园的诸多表现，坐不住、注意力不集中、听不懂话等，就没有一个好消息，妻子眼泪汪汪的。老远就听到有人在门外吼，女孩的家长来了，不是一个好打发的主儿。道歉，道歉，没完没了地道歉。

最后也不了了之。

老师说，喜禾目前没有能力上幼儿园。

这周妻子请假在家带孩子，下午去游乐场，妻子发现儿子跟别的小朋友是多么不同。他不会滑滑梯，放上去是什么姿势就什么姿势滚下来，他更喜欢舔滑梯；他不会开小汽车但喜欢开关门，不打扰，他可以重复这个动作到世界末日；他不喜欢堆沙堡，就喜欢把沙子往空中一扬……妻子心神不宁，从游乐场出来，一没留神，喜禾跑向滚梯，妻子追，然后母子俩倒在滚梯上。有人指责，当妈的怎么带的孩子！

亲子训练班，十多个跟喜禾差不多大的小朋友，都是第一次来，依次上台自我介绍，我叫某某某，我今年几岁。喜禾对这里没一点兴趣，只想从他妈妈怀里挣脱，跑掉。后来如他所愿了。

教室外的走廊，喜禾梦游一样晃来晃去。有个大妈一直留意着喜禾，后来主动过来问，他是不是不会说话，是不是不跟别的小朋友玩，是不是叫他名字也没反应……真是奇怪，她怎么了解这么多。大妈说，你们看过电影《海洋天堂》吗？

夫妻俩半夜趴在电脑前看海洋天堂。老蔡很少看电视，但认出里面一个演员演过电视剧《奋斗》。妻子压抑着哭声，但岳母还是听到了。岳母在门外问，怎么了？

电影看了不到一半就看不下去了。关上电脑后，老蔡说，还是去医院看看吧。妻子说，那就去医院看看。妻子又说，哪天去呢？

次日半夜，老蔡就跟妻子去医院排队挂号。他们到的时候已经有一个男子在那儿了。男子前面还摆放着一只皮手套、一个暖水杯、一条小板凳……后来老蔡才知道那叫占位。老蔡扔烟头时看到垃圾桶里有个红包，他知道红包里不可能有钱，还是捡了起来。

天快亮的时候，“皮手套”“暖水杯”“小板凳”的主人陆续现身，老蔡也从第三挤成了第七。“皮手套”是新疆来的一对老姐妹，姐姐读高中的儿子精神出现问题，妹妹一直在安慰，别哭了，会治好的。“暖水杯”五十来岁，看着像坐办公室的小干部，不但对医院的情况门清，关于精神病学的知识也相当权威了。“小板凳”是靠排队营生的，后来他按 50 元的价格把位置卖给了别人。一个妇女说他十六岁的儿子突然发病，见人就打，够得着的东西就摔。她努力地想让大家相信，她儿子的病是跑步跑出来的……

不时有人从队伍跟前走过，没人会多看他们一眼，见怪不怪了。

天亮时队伍已经有几十人的规模，老蔡从第七到了第十一。队伍突然喧哗起来，原来有人摆了一块砖头占位，不知道被谁扔了，现在砖头的主人拿着砖头挨个问："谁扔的？"

离开门还有一小时，妻子继续排队，老蔡回家接儿子。儿子睡觉的样子好可爱，真不忍心叫醒。去医院的路上，岳母反悔了，她说，我的外孙子好好的，他才没病。老蔡说，你以为我们愿意他有病啊。

妻子以前去医院，扶栏都不碰一下的，医院细菌最多。但他们的儿子总去舔医院的东西，一没看住，椅子舔一下，玻璃门舔一下。喜禾还不是这里最古怪的，有个十来岁的男孩一直在揪自己的头发，还有个十来岁的女孩一直在看自己的手，老蔡也凑过去看了看，她的手也是五根指头，没什么神奇之处。那女孩在看什么呢？

候诊时，老蔡烦躁怎么还没轮到他，真的叫他号，他却胆怯了。老蔡说，你们先去，我去抽烟。妻子死死盯着他，他只好跟了进去。

医生问的跟亲子机构那个大妈问的话差不多，还是那些问题。老蔡他们还没完事，一对夫妻就闯了进来，然后站在那儿听，饶有兴致。那对夫妻的病历放桌上，老蔡翻了翻，是他们女儿的，精神分裂。诊断结果，喜禾是自闭症，老蔡跟妻子一直沉默。医生说，你们不想问点什么？旁边那对夫妻开口了，自闭症是什么原因啊，有什么方法吗？老蔡觉得自己是个局外人，那不是他的儿子，眼前一切与他无关。

走出医院大门时，老蔡说，车停得有点远。妻子说，没关系。车停在对面，要横过马路。马路上汽车行人互不相让，那叫一个乱。他们一家走到路中央，一辆车突然冲了过来，然后一个急刹车。老蔡看着吓傻了的司机，像是在问，怎么刹车了？

回家的车上，妻子一直在重复那几句话，为什么是我？老天爷为什么这么对我？我做错了什么？说了哭，哭了说。喜禾拨到了雨刮器，没有雨水，雨刮器的声音很刺耳。

回家后，岳母想了很多方法，想让喜禾做出合适的反应。岳母拿着糖，本打算在喜禾做出了正确反应后表彰的，最后她自己吃了。

火锅店，老蔡跟妻子食欲全无，相视无言，泪如雨下。老板过来关切地说："太辣了？好多人吃了都说辣。"

自闭症康复机构，老师给喜禾做评估，点评完喜禾后，老师突然说，你们是很好的家长，刚才我一直在观察你们。其实那会儿老蔡在走神，他在翻一本图画本，整整一本图画本画的都是一模一样的挖掘机，复制出来的一样，技法娴熟。

评估后他们在机构逛了逛，孩子们上课时，家长们就在外面等。十来个家长或蹲或坐，有年轻的爸爸妈妈，也有年迈的爷爷奶奶。老蔡将来就要跟这些人，共同走过一段漫长岁月。

这次机构的评估结果更不好。妻子说，老师说他特自闭。老蔡说，他确实是自闭啊。妻子说，老师的意思是，他是自闭里面的自闭。

回家的车上，老蔡一直说着在机构的见闻，孩子如何，家长如何，不时感慨一翻。妻子若有所思，一会儿说，我们俩得有一个辞职。妻子听说，恢复得好的孩子不是爸爸就是妈妈全职带的。那么谁辞职呢？

妻子收入稳定但是钱不多，不足以支撑这个家庭的费用。老蔡是编剧，但已经很久没接到活了。妻子问，你最近在写什么？老蔡支支吾吾的。妻子打断说，我们能指望上你吗？

一只狗不知怎么进了环路里的隔离带，沿着隔离带往前走。这么走下去它永远走不出来。

妻子请了一个月假，老蔡反正是自由工作，两人每天送喜禾去自闭症机构。孩子上课时，家长们就在外面等着，有一搭没一搭地闲聊。

挺着大肚子的是天天妈。自闭症据说跟遗传有关，再怀孕要冒很大风险和压力。不过天天妈很乐观，收集了很多老大是自闭症但生的老二是正常孩子的案例。老蔡来机构第一天，天天妈就鼓励他们生二胎。天天妈说，孩子是自闭症，人生就输了，但第二胎是正常的，就算扳回一局，没全输。

乐乐爷爷是退休干部，山东人，和老伴带着孙女背井离乡地在北京训练。他经常讲的是，这个时间，如果在他老家，他正在做什么。山东的家离小学只有五分钟路程，小学旁边就是一个公园。他原来憧憬的生活是每天在公园下下棋打打拳，放学后去接孙女。

洋洋爷爷每天固定去一家饭馆买一份鱼香肉丝，跟孙子一起吃。他说得最多的两句话，第一句是鱼香肉丝分量越来越少了，准备换家饭馆；第二句是，一日自闭，终生自闭。

这些人中唯一非家长的就是四川大姐，她受雇看护孩子，每天坐在门口绣鞋垫，鞋垫上打算绣上两行字：“一生平安”“万事如意”。老蔡第一次去机构时，“一生平安”的那张鞋垫的“平”字已经绣了一横了。

在机构陪孩子的家长不是妈妈就是爷爷奶奶，当爹的一般都选择挣钱养家，所以刚子爹算是个另类。刚子爹不到四十，日本做派，老蔡跟他接触最多。日本读完博士后留在一家科研机构工作，正风光时，儿子被诊断为自闭症，心灰意冷，放弃了事业回国了。老蔡第一次到机构正赶上生活课，家长端着脸盆牙刷牵着孩子，在老师口令下，一步步地学习如何洗脸刷牙。刚子爹在教他儿子，应该左边七次右边七次。刚子爹有次跟老蔡说，你孩子还小，还有希望。但紧跟着洋洋爷爷说，一日自闭，终生自闭。大家都不喜欢听洋洋爷爷说话。

下课铃声刚响，大毛就会冲出来跑向门口角落。门口堆了一堆建筑用的沙子，是不知哪年一次工程的遗留物，大毛掏出小鸡鸡对着沙堆就尿，大毛妈气喘吁吁赶过来时他已尿完，大毛妈牵着他的耳朵一边走一边教训，跟你说过多少次，尿尿要去厕所。这一幕每天上演多次，已经成了机构的固定节目。大家都很期待。

本来请了一个月的假，但一周后妻子就去把工作辞了。下午妻子在家整理从办公室拿回的东西，这是她来北京后的第一份工作，也是唯一一份工作，每一件东西都能让她想到过去，刚来北京时的忐忑，渐渐融入了这个城市，有了朋友，然后有了家庭，跟大多数人一样。区别在于，她儿子是自闭症。

岳母出门买菜，妻子说早晨不是买了吗？岳母说，没买喜禾的。喜禾从来都是单独开小灶，他吃的都是无污染的绿色食品。妻子说，跟大人凑合吃点得了。岳母说，我们吃的是什么，防腐剂添加剂……妻子打断说，让他活那么长干什么？

突然寂静了。

岳母本来穿上了鞋到了门外，现在又走回来，放下包，换上鞋，进了厨房。老蔡说，你不该这么跟你妈说。妻子说，我们还不该结婚，不该有孩子，不该的事情多了。岳母又从厨房出来，招呼也不打，穿上鞋提着包就冲出了门。她还是去买绿色蔬菜了。

周末来了几个朋友，空洞无力的安慰的话说多了，都不好意思再说。气氛沉闷压抑。之后出去吃饭，气氛还是那么压抑。有个女孩说，上帝关了一扇门，必定给你打开一扇窗。老蔡顺嘴接了一句，是想让我从窗户跳下去吗？一时有点尴尬，老蔡后来补充了一句，开窗可以，只要开的不是纱窗，夏天快到了，蚊子多。大家笑了，气氛终于放松了。老蔡拿儿子开了很多惨烈的玩笑，现场效果不错，到家时他还在回味。

半夜老蔡起床，妻子也没睡着，老蔡说我出去走走。妻子嗯了一声，一会儿又说，别走远了。老蔡路过一处亮着灯光的窗户时，听到一个男子悲愤的骂声，然后就是砸东西的声音，再然后就是女人的哭声。老蔡看了很久，后来发现一对穿睡衣的夫妇也在看，彼此都有点不好意思。

老蔡越走越远，路灯下横七竖八放着几把椅子，每天晚上都有人在此打牌下棋，此刻人去椅空。不远处，一个浓妆艳抹的妹子提着高跟鞋在追打一个男子。男子站住说，你再打一下。妹子果然用鞋跟砸了一下。男子说你再打一下，妹子又砸了一下。男子说有种你再打一下，然后鞋跟又砸了过去……无聊的游戏，老蔡都忍不住乐了。

前半夜，白天不让进城的大卡车开始疯了，无视红灯，一辆接一辆，呼啸而过。到了凌晨时分，大卡车少了，冷清的街道上，小贩的三轮车越来越多了。不知道走了多久，老蔡猛然发现天亮了，又猛然发现自己置身地铁站口。身边汹涌而来的上班的人流，险些把他撞倒。

老蔡母亲早就想来北京看喜禾了。母亲身体不好，早些年就不出远门了，火车上这一路还没事，下了火车坐汽车这一段，吐了一路。母亲说，我是不想出门的。又吐，吐完又说，我要不是想看看我的孙子，我说什么都不出门。母亲刚开始还有力气说话，后来连吐的力气都没有了。到家后就卧床，一周才缓过来。

母亲脸上有一块淤青，侄儿告诉老蔡，摔的。父母是坐卧铺过来的，只买到了中铺，母亲往中铺爬时，父亲在下面推，推了半天母亲还没爬上去，他突然撒手。听完，老蔡气得一句话都说不出。

岳母跟母亲有说不完的话，母亲不会说普通话，岳母又听不懂湖南话，开始母亲说一大段，老蔡转述时，就减缩到两三个字，一次母亲又说起了历年的积德行善，哪一年哪一月干了什么事，母亲说的这些事大部分老蔡都有印象，母亲絮絮叨叨一大段，老蔡两个字就给打发了：报应。岳母脸当时就拉下来了，老蔡知道自己总结错了，又补充了一句：好人有好报，喜禾会好起来的。因为不满意老蔡的翻译，后来她们就不找老蔡了。

一次老蔡看到母亲跟岳母抱在一起痛哭，问怎么了，母亲没说话，背身擦泪。岳母说了一句："你母亲不容易啊。"母亲听到这句，顿时又开始哭了。母亲不会普通话，岳母听不懂湖南话，老蔡纳闷她们是怎么交流的。相同的身世，共同的遭遇，很容易产生交集。

父亲不怎么说话，来了之后就猫在书房看书，吃饭时才露一面，后来吃饭时都不出来了。那天下午岳母做好饭菜叫他吃饭，叫了几次他都没出来。老蔡回家时，岳母担忧地说，你父亲是不是不舒服，一天都没吃东西。老蔡看到岳母做的菜，心里有数了。老蔡下了一碗面条，放了很多的辣椒很多的盐，端过去，很快父亲端着空碗过来，问还有吗，他要吃又咸又辣的。

侄儿六岁，一天老蔡把他带去机构，炸了窝。大家每天在机构，远离正常社会，渐渐忘了正常孩子是怎么样的，突然发现有个孩子能回答你的问题，能委婉拒绝你的问题，能用肢体、情绪抗议你的问题……他们都要疯了，轮番围着侄儿问。

妻子责怪老蔡不该带侄儿去机构刺激那些家长。其实妻子最近也很受刺激，给儿子买的玩具，儿子除了对小汽车的轮胎有点兴趣，别的都不碰，侄儿来了后，所有的玩具都被他玩了一遍。妻子说，好想体验一下当一个正常孩子妈妈的感觉。

妻子在厨房跟岳母吵了起来。母亲这次来京带了一些米，这些米是巫师施了法术的，驱邪避灾。妻子嫌弃这些米的来路，一直不肯煮给喜禾吃，今天母亲又提出来了。妻子要老蔡拿意见，老蔡左右为难。老蔡不喜欢封建迷信怪力乱神，但不想因此伤了母亲的心。岳母说，喜禾不仅是你们的儿子，也是他爷爷奶奶的孙子，他们有权利对他好。你们送他去机构是为他好，他们大老远背来这些米也是为他好。

煮饭之前，这些米被妻子洗了又洗。

晚上老蔡跟母亲闲聊，说到老家一个叫谢傻子的人。谢傻子应该五十多岁了，老蔡上小学时路上就总遇到他，他不说话也不惹事，不跟任何人接触，每天一大早步行几十里去市区一家饭店吃剩饭，快天黑时步行回家，风雨无阻。母亲说，去年谢傻子被一辆卡车撞到，司机逃逸，他再也出不了门。规划中的高铁线路要经过他们家，工作人员去他家商议拆迁时，才发现他早死了。老蔡说，以前上学时遇到他，朝他丢过石子。

那天喜禾又把钥匙扔进了马桶，老蔡掏钥匙时父亲过来，在身后看着，半天都没说话。他不说老蔡也没问，一会儿之后，父亲说，你忙就算了。说完就走了。

附近有家古玩市场，大前年父亲来北京时去过一次。

去古玩市场的路上，父亲看着外面兴奋地指指点点，上次来时这里还没有这些楼……记得这里有一个什么东西。老蔡突然说了一句，为什么不找列车员呢，你一说他们会给你换下铺的，怎么这么霸蛮呢？父亲知道他在说母亲在火车上摔倒的事，立即蔫了。

古玩市场里，都是所谓的几百前的出土文物，每一件东西父亲都爱不释手。父亲说，还是北京好啊。父亲看上了一对汉朝时期的香炉。老蔡对这些假货没什么好感，出去抽烟了。

一会儿父亲抱着两只香炉喜滋滋地过来了。老蔡说，多少钱？父亲不肯说了。

老蔡找到古玩店老板，说你觉得老人好骗？你觉得他农村来的？老板说，小后生别这么说话，我是因为跟这位老先生投缘，亏本卖给他的。老蔡说你这个什么狗屁玩意，还汉朝的，成本撑死了就二十元……不知什么时候来了几个汉子，其中一个走到老蔡跟前，气势汹汹地说，你怎么回事？

开车回家的路上，老蔡铁青着脸一言不发。一会儿父亲说，我也认为不是汉朝的……但明朝还是有可能的。老蔡说，如果是明朝的，那是国宝，他们这么光天化日地卖，早被抓走了，父亲不说话了。一会儿父亲又说，就算是现代生产的，你看这工艺，雕出这么多花没少花时间。老蔡说，你以为还人工雕的？现在都是机器、模子，你想要多少一天就能做多少。无论父亲说什么，老蔡都能顶得他哑口无言。

上楼时，老蔡对父亲说，别跟妈说花了一千二。父亲说，知道。过了一会儿，他又说，你觉得说多少钱买的合适？

一上楼，就看到侄儿在哭。喜禾咬了他一口，他打了喜禾一巴掌，母亲气得打了侄儿一巴掌。老蔡对侄儿说，带你去吃肯德基。侄儿这才破涕为笑。走时，母亲又拉住侄儿说："知道我为什么打你吗？喜禾是你弟弟他不懂事，他咬你也不是真的想咬你，你怎么能还手呢？喜禾跟别人不一样，你长大了，一定要保护他。"老蔡知道如果母亲再说下去，侄儿又会哭了，就赶紧把侄儿拉走了。

侄儿不吃肯德基。烤串店，侄儿一个人吃了三十根串。

父母走的那天，在食物的引诱下，喜禾鹦鹉学舌地说了一句"奶奶再见"，母亲激动得不行。老蔡送他们去火车站，母亲这一路嘴没闲着，某某某，五岁之前都不会说话，后来好好的，还有一个某某某，小时也被人叫傻子，现在结婚了，每天去批发蔬菜卖，一天能挣好几百，打算盖个八层楼。父亲在把玩他的假古董，老蔡问，这些古董你打算干什么？父亲来了兴致，他是当地的祭司，这对烛台可以用到祭祀场面上。

三个月后，老蔡在机构又看到四川大姐坐门口绣鞋垫，上次"平"字已经绣了一横了，这次看，还是那一横。四川大姐有两个月去餐馆打工，主顾给她加工资，她又回来带孩子了。

洋洋爷爷换了一家饭馆，发现很难吃，又回到原来那一家。

刚子爹差点跟乐乐爷爷动手了。乐乐爷爷仇恨日本，而刚子爹以他多年在日本生活的经验，说日本人很值得尊敬。两人相互给对方扣帽子，一个说对方是“汉奸”，另一个说对方是“义和团遗老”。刚子爹想争取老蔡的支持，历数日本人对现代文明的贡献，老蔡第一次知道方便面是日本人发明的。

天天妈跟老蔡说，喜禾妈今天都哭了。上课的时候，喜禾突然说拉臭。喜禾三岁了，之前大小便从来不会提示，突然冒出这句话，喜禾妈喜极而泣。

但天天妈今天情绪低落，后来老蔡知道，机构新来一个孩子，这个孩子的哥哥也是自闭症。这证明遗传确实有根据，她现在担心了。

有个妈妈在发牢骚。她想生二胎，儿子是自闭症，出一个精神残疾诊断就有二胎资格，但去医院诊断时，他儿子因为在机构训练多年，能力提高，又不够精神残疾的资格了。他妈说，早知道就不送他去机构了。

下课后大毛还是会直扑沙堆。大毛妈牵着大毛的耳朵边走边说，这孩子，总是比我快一步。

地上有一张扑克牌，一个妈妈问他孩子，这是什么？孩子说这是扑克牌。他妈说错了，又问，这是什么？孩子说，扑克牌。他妈戳了一下孩子脑壳说，你傻不傻！又问，这是什么？孩子不敢说了。他妈说，这是梅花 2。

一张报纸掉在水坑里，被刚子捞出来。报纸上有小广告，刚子喜欢小广告，看到小广告撕下来，装进书包里。刚子爹说，要这些干什么，想找工作，想租房？

回家路上妻子向老蔡描述喜禾说拉臭一事，老蔡听完了还不满足，要求再说一遍……晚上一家人吃饭时，老蔡把喜禾说拉臭一事讲给岳母听。岳母提醒老蔡说，还没告诉喜禾爷爷奶奶吧？老蔡赶紧给母亲打电话，听到电话那头母亲在呵斥父亲：“别跳了，让我听完。”

机构里家长们都在传一个小道消息，房东觉得这些孩子太吵，要把机构赶走。机构新迁的地方相对繁华，家长们担心那边房租会更贵，又有人说，机构学费要涨价。好几个家长立即表态，学费涨了就回家了，不训练了。一个女家长说，带孩子在机构训练，她的月经都没了，早就打算回老家把月经弄出来。

刚子爹今天大发雷霆，把刚子书包里的小广告都扔了。他本以为经过机构训练，儿子就能回到普通学校。他特意找了一家打工子弟学校，但儿子当天就被学校赶出来了。

下课时大毛又扑向沙堆，掏出小鸡鸡时，发现沙堆不见了。大毛傻了，掏着小鸡鸡在那里惆怅了半天，被母亲拖回厕所时一步三回头。

老蔡今天跟妻子大干了一场，动静很大。其实也不是什么大事，喜禾喜欢撕报纸，今天把有用的账单撕了。妻子埋怨老蔡没收藏好。

岳母跟老蔡说，她以前不是这样的，最近脾气才变大的，你要多体谅。

睡觉前妻子说，如果你不想过了你可以走，她自己带着儿子。末了又说，她经常想哪天带着儿子一起死了，老蔡就解放了。

六一儿童节，机构有演出，喜禾也有节目。刚子爹问老蔡，喜禾表演什么节目？老蔡说，爬行。刚子爹说，不好，跟我儿子的节目撞车了。

妻子带喜禾表演唱歌，三只小猪，尴尬极了。

演出结束，照集体照，摄影师急了，他想要一张只有孩子没有家长的照片，但总有家长出现，没办法，这些孩子不可能独立站那里任你摆弄。

晚上几个家长聚餐，老蔡发现跟刚子爹有很多的交集，他们是同时代人，有同样的上学经历，同样喜欢诗。最后他们竟然发现，有一次活动他们就住在隔壁房间。刚子爹说，怪不得第一次见你就觉得眼熟。刚子爹很伤感，喝了很多酒。他最要强，同学中他是混得最有出息的，但孩子的事，一棍子把他砸晕了，再无逞强之心。刚子爹四字总结了他的处境，进退失据。老蔡觉得太文艺，换了一个词，逆风而尿。相互大笑。

回家路上，老蔡跟妻子说，那个电视剧的活彻底黄了。妻子说，本来不想烦你，但还是得跟你说，我们家又没钱了，最多能撑到下月。

机构搬迁的地方离老蔡家更近。家长们抗议后，学费最终没涨，但还是有很多家长没跟过来，不过，又来了很多新的孩子。机构就是这样，有人走，有人来。才几个月，老蔡现在也成老家长了。

新来一个小女孩，三岁多，清纯可爱，安静地走来走去。小女孩刚被幼儿园退下来。刚子爹说，她还小，还有希望。洋洋爷爷说，一日自闭，终生自闭。新来的家长哇哇哭起来。

天天妈妈下午来了机构，她孩子已经出生一个月了，按耐不住地抱来机构，逢人就说，你们看我小儿子这眼神，多好，才一个多月呢。老蔡跟妻子说，一个月能看出什么来啊。

大毛又是下课后第一个跑出来的，机构搬过来后他迅速地开辟了一个新的撒尿的地方——院子里一株葡萄树下。他掏出小鸡鸡尿得正欢畅时，被追上来的大毛妈揪着耳朵就往回走。

大家哈哈大笑。

笑着笑着有人哭了起来。那是刚子爹。

大家就不再笑了。

刚子爹抹了一下眼泪，然后说，今天看到有人穿外套了，夏天要过去了。老蔡附和了一句，夏天好像只是一天。

夏天只是一天。

是的，我爱他。

图书在版编目（CIP）数据

爸爸爱喜禾：你一直在和自己玩 / 蔡春猪著；蔡喜禾绘 . — 长沙：湖南文艺出版社，2018.11
ISBN 978-7-5404-8786-7

Ⅰ . ①爸… Ⅱ . ①蔡… ②蔡… Ⅲ . ①随笔 – 作品集 – 中国 – 当代 Ⅳ . ① I267.1

中国版本图书馆 CIP 数据核字（2018）第 146587 号

上架建议：文学・随笔

BABA AI XIHE: NI YIZHI ZAI HE ZIJI WAN
爸爸爱喜禾：你一直在和自己玩

作　　者：蔡春猪
绘　　者：蔡喜禾
出 版 人：曾赛丰
责任编辑：薛　健　刘诗哲
监　　制：蔡明菲　邢越超
策划编辑：高连兴　毛昆仑
特约编辑：汪　璐
营销支持：张锦涵　傅婷婷　文刀刀
版式设计：李　洁
封面设计：姜利锐
绘画指导：中美艺术儿童美术教育　田新文
出版发行：湖南文艺出版社
（长沙市雨花区东二环一段 508 号　邮编：410014）
网　　址：www.hnwy.net
印　　刷：北京市雅迪彩色印刷有限公司
经　　销：新华书店
开　　本：880mm × 1270mm　1/32
字　　数：180 千字
印　　张：8.5
版　　次：2018 年 11 月第 1 版
印　　次：2018 年 11 月第 1 次印刷
书　　号：ISBN 978-7-5404-8786-7
定　　价：46.80 元

若有质量问题，请致电质量监督电话：010-59096394
团购电话：010-59320018